十二個人的信

井上廈
いのうえひさし

高詹燦 譯

導讀——

敬啟者：未來

作家／陳栢青

我是車貸何小姐，更新了聯繫方式，快快聯絡我喔。

你好，我是之前與你聯絡過的愛咪啦。

有急事找你，掃描我的QR CODE談談吧。

怎麼這麼久沒有聯絡，你是不是忘記老同學了喔，先加我的LINE帳號。

敬啟者，何小姐／愛咪／老同學：

收到你的訊息總能讓我怦然心動。

「我是之前與你聯絡過的」、「怎麼這麼久沒有聯絡？」光是這樣兩句話，就像舞台上已經來到中場，觀眾現在才進場，或是瘋狂追劇，點進第一集開頭卻發現故事已經要收尾，炸彈爆炸，子彈殼尖旋飛眉尖，「所以之前我們之間到底有過些什麼？」「你是誰？」疑惑開啟的那一刻，懸疑、引子，那就進入現代故事的核心——到底是什麼吸引了觀眾？我是一名小說家，有時我會想，真的有人打開我的書嗎？可你只憑著一則簡訊，劃開螢幕的那一瞬間，我就被你拉進去了。

親愛的何小姐／愛咪／老同學，謝謝你們傳訊息來。兩千年第二個十年，我的手機忽然湧進大量的訊息，日夜叮咚，都不認識，但十分感激，畢竟除了我爸媽，電話已經很久沒響過了。當然，人們會說，你們是搞詐騙的，別上當啊。但要我說，你們都是大小說家。

如果要打磨這門手藝，如果要精進這項技術——不，我不是指詐騙，我是說，說故事，雖然很多時候，它們像是同一件事情——我推薦你一本書如何？就是井上廈《十二個人的信》。

十二篇小說，要不是書信，不然就是各種文書體例：公文、出生與死亡證明、駕照、法院通知書……單看是應用文大全，很實用，一本工具書。可一旦把兩封以上的文件擺在一起看，活脫脫一個小劇場。有了人稱，便有了人物；

多出事由，便浮現了事件；互有矛盾，連番衝突；前事未了，後事又來。「從兩行之間，讀出了第三行」，誰的話？張愛玲。井上廈做到了，兩封信前後撐著，堂堂一座舞台。

想跟你分享台灣小說家郭松棻對於文學的最高準則，「剔除白膩的脂肪，讓文章的筋骨嶙立起來。」而在井上廈筆下，他不只是剔去脂肪，甚至連文章筋骨都不要了。我們以為的小說——敘述、形容、譬喻、情節被一封封書信取代。小說基礎的形式不見了，但故事基礎的元素又還在。

也許正因為《十二個人的信》的剔與替，我們才得以省視，故事／小說是什麼？

在井上廈的小說裡，一切都可濃縮為那句：「禿驢，敢跟貧道搶師太！」引號內九個字兩個標點，訊息量之大，是誰說這句話？（道士）對誰說？（和尚）為什麼說？（道門中人也沾惹紅塵情愛）小句子內爆一個宇宙。而在《十二個人的信》中，信件本身就是各種訊息的壓縮，井上廈則把戲劇性壓縮在信件裡。當一個人寫信給另一個人，角色出現了。為什麼寫信？寫了什麼？情節誕生了，身世浮現了；而另一個人回信，轉折就出現了。乃至於，寄信的時間差所展示出的情節先後、寄信人稱的改變（例如姓氏掛夫姓或者用本名、稱呼是否使用敬稱），皆表現關係的變化。而寄信地點是哪裡呢？家裡？監獄？還是殯儀館？那正是結局的誕生。

與其說井上廈好會寫信，不如說，他好懂說故事。他真正透徹了小說的結構，什麼該說，什麼不該說，什麼先說，什麼後說。當人們告訴你，內容為王；他用這本小說告訴你，形式就是內容。

所以，這是一本什麼樣的小說呢？推理？懸疑？後現代？我倒以為，它是充滿玩興的小說，那正是小說最好的地方。井上廈讓小說活起來了，小說家邀請讀者思考，他飽含機鋒，他玩形式，他搞敘述性詭計，他讓小說不會死，真的，小說活了多少年了，兩百年？三百年？你以為它身體僵了，它硬邦邦，它讓人看不懂了，但當你收到這封信、這本書，以為是小說的遺書——小說都不小說了。甚至變為一堆信，但它其實是故事的情書，你又一次愛上故事，心撲通撲通跳，想翻到下一頁，再來呢？

井上廈寫信來當小說，但我想說的是，這信裡是有刀片的。那不只是好看的故事而已，這其中藏有一種精神性的異質。

當我們說，形式就是內容。井上廈筆下展示了形式的極致，卻又在形式的表演中，藏著掖著一種思想性的東西，那事關主題。他藉由形式重新建構小說，在鬆動你對「故事」、「真相」、「人性」是什麼的重新排列組合過程中，同時開啟了思辨。你仔細讀，這本集子裡不只是好看的故事而已，不只是讓你嚇一跳，讓你覺得被騙了，小說家用核廢料的掩埋寫人的精神困境、他寫身障者福利、用孤兒院公益帶出對「善」的思索……形式本身帶來的趣味並未掩蓋議題的尖銳，甚至，正是因為形式上讓人不得不小心翼翼，全神貫注，那個議題才會冷不防地刺中讀者，那是小說的刀片，刺你一下，又不給你答案，但你會去思考。如果說小說本身就是對世界提出問題，那井上廈把問題變成信，專門製造問題，卻寄給對的人。

敬啟者，何小姐／愛咪／老同學，我不會封鎖你們。事實上，我很歡迎你們繼續來訊。我會妥善保存，甚至，回訊息給你，就像是此刻。

我一直在想，如果世界毀滅了，文明成為半空爆開來的蘑菇雲，很久以後的某一天，超未來的生物挖掘地層重新考察人類世，並陸續找到我們的手機，他們是否會覺得，在各品牌各機型封閉全人類文明的眾多黑盒子之中，比起其他人，獨獨我的ＳＩＭ卡訊息匣充滿了大量的愛，被老同學、被久沒聯絡的、換了聯絡方式又想起的人們所塞爆。

我將成為世界上最被愛著的那個人。

那時候，在被塞滿的ＳＩＭ卡裡，你們所有的消息會構成我。

所有的空洞都是為了填滿未來的那一刻。

為了那一天的到來，為了讓我成為我，請繼續騙我，好讓我欺騙未來。

有一個人已經先我們做到了。滿紙謊言，一片真心。什麼都說了，又什麼都沒說。坦坦蕩蕩，才能遮遮掩掩。非常好看，但又藏著比好看更重要的什麼。

讀了井上廈的小說，很不甘心，又很甘心。

不信，你往下一頁翻下去——

目錄

序幕

惡魔

1

父母親大人膝下

一直到昨天傍晚為止，幸子都待在爸媽身邊，但此刻我在東京下町的天空下寫這封信。真的就像做夢一樣。

我是在今天早上七點二十五分抵達上野車站。從花卷持續坐了八小時的車，真的很累。而且從水戶那一帶開始便雨下個不停，教人深感不安。不過，當火車駛進上野車站，從車窗望見四周的月台後，我的疲憊和不安頓時全吹跑了，所以請你們放心。上野車站人山人海。人潮不斷湧出，完全沒有中斷的跡象。我心想「原來這就是東京」。只要在心裡想「有這麼多人在東京生活工作。從今天起，我也是他們其中之一」，精力便不斷湧現。

社長站在月台上，高舉著寫有「船山商事」的一張大紙。社長比爸爸還年輕，聽說今年二月才剛滿四十一歲。他為人很親切。還專程開車到上野車站來接我，從這點也看得出來。他在車內還對我說「妳今天早上應該沒空刷牙吧。如果覺得自己口氣不佳，就嚼這個吧」，給了我口香糖。也請爸媽寫封信向社長道謝。

我過了八點半才抵達船山大樓。過了一條名叫荒川排水渠的骯髒大河後，再走一段路，便是一條名叫青戶的熱鬧市街，而青戶車站前面一棟五層樓高的大樓，就是船山商事的總公司。地下是咖啡廳，一、二樓是柏青哥，三樓是餐廳，四樓是麻將店，五樓是事務所和員工的宿舍。從明天起，我就要在這間事務所工作了。我對珠算和簿記很有自信。我決定要努力工作，希望社長日後能很開心的說一句「雇用了一個好女孩」。

我的房間坐北朝南，約三張榻榻米大。窗外是一片燈海，聽說有一處特別亮的地方就是小岩。剛才社長來看我房間，對我說「我要回家了，妳應該沒什麼問題吧」。

從明天起，我會好好努力。爸、媽，你們也要好好保重，別為我擔心。弘就麻煩你們照顧了。

三月二十三日　幸子　叩上

2

上野啟一老師尊鑒

上野老師，昨晚謝謝您送我到車站。託您的福，今天早上我平安抵達上野了。由於船山社長親自到上野來接我，我才沒迷路。船山社長還提到老師您，他說「我在他面前實在是抬不起頭來」。還說這是因為「大學時代，每次考試都是靠他罩我，讓我看答案」。

老師，真的很謝謝您幫我介紹這麼好的工作場所。是我自己提出無理的要求，說想到東京工作，不想留在地方上，但老師您實現了我的請求，您的大恩我永遠都不會忘記。我會仔細琢磨老師您在校時的訓示，好好努力。我也會遙寄對故鄉的這份思念，請您今後繼續給予指導。那麼，在此祈求老師身體康泰，容我就此擱筆。

三月二十三日　柏木幸子　謹上

3

三田光代惠鑒

阿光，謝謝妳昨晚為我送行。我剛寫完給上野老師的信。給老師寫信，果然還是會比較緊繃。寫到一半覺得麻煩透頂，所以結尾的部分索性完全照《女性書信寫法示範》這本書中的例句照抄。

對了，我們社長真的很年輕，我很驚訝。才四十一歲呢。我原本心想，要是社長年紀再大一點，有個大學生年紀的兒子，那就太好了。我一直夢想著能和這樣的大學生談戀愛，就此當起少婦。不過，社長家離船山大樓走路只要五分鐘，我到他家問候時，露面的是小六的長男和小二的長女。我失望透了。社長人不錯，但他太太可就不行了，姿態擺得很高。我向她低頭行禮，她卻始終臉轉向一旁，我離開時正準備在玄關穿鞋，他太太竟然對社長說：

「以後別再讓雇員從我們家大門進來，走後門就行了。這方面你得仔細做個區隔才行……」

好壞心的老太婆，真受不了。

對了，妳問過我很多次，為什麼原本說好要到岩手殖產銀行上班，卻改去東京呢？我就告訴妳原因吧。

簡單來說，因為我已不想再住家裡了。我爸媽成天吵架。如果是像之前那樣扭打在一起，那還有救，但最近都是冷眼互瞪。一冷戰起來，可不光只是一個禮拜，往往長達十天，有時甚至達半個月以上，彼此一句話也不說。而且我爸還會發酒瘋，動不動就打我弟。他們夫妻冷戰的原因，好像是因為我爸外遇，但我可不想再受牽連了，所以我才會放棄岩手殖產銀行。雖然很可惜，但這也是沒辦法的事。

……像這樣寫下自己來東京的理由後，感覺好像也沒什麼大不了的。看來，我真應該和阿光妳一起到銀行上班的。好了，不講喪氣話了。就算是逞強，也得好好加油才行。阿光妳也要好好保重。記得寫信給我。

三月二十三日　阿幸

4

弘

姊姊現在自己一個人過得很悠哉，但阿弘你還在水深火熱中對吧。不過你別沮喪，要努力用功。再過一年你就高中畢業了。只要撐過這一年，等到明年春天上東京就行了。在那之前，姊姊會認真工作，博取眾人的信任，然後請社長幫忙，讓你可以在這裡半工半讀上大學。我在信封裡附上一千日圓哦。

三月二十三日　幸子

5

父母親大人膝下

爸、媽，今天是我有生以來第一次領薪水。在信中附上五千日圓的匯票，請你們和弘三人一起外出吃點好吃的。公司生意好，拜此之賜，我的工作也相對忙碌。我每天都忙著整理帳單，忙到晚上八點左右。接著到附近的澡堂洗澡，十點就寢，這就是我這個月每天的例行行程。等到五月，附近立石街的第二船山大樓就完工了。到時候應該會更忙。工作忙碌就會加班，所以多多益善。弘就請你們多多關照了。要多保重。

四月二十日　幸子

6

弘

你猜姊姊的薪水是多少？有十萬八千日圓呢。很厲害吧。大學畢業生的第一份工作恐怕也沒我多吧。因為賺了許多加班費，所以才會有這樣的「高薪」。再告訴你一件我沒讓任何人知道的事，除了薪水以外，社長另外又給了我一萬日圓。這是獎勵我的好表現。我從中撥三千圓給你。不過，可別花在吃喝玩樂上哦。就用它來買參考書或是唱片，買些能留在身邊的東西。記得寫信給我哦。

四月二十日　幸子

7

上野啟一老師尊鑒

老師，前不久我領到有生以來的第一份薪水。該買什麼好呢？能用這筆錢做些什麼呢？當我思考這些問題時，老師的面容突然浮現我面前。我現在能領到這份薪水，說起來也都是託老師您的福。所以我想先用第一次領到的薪水買禮物答謝老師。趁今天休假，我去了一趟百貨公司，買了領帶和領帶夾寄去老師家。我想用它來搭配老師您常穿的那件褐色西裝，但可能太樸素了點。不過，如果太樸素的話，船山社長得負責。因為今天社長都陪在我身邊。每次我挑選禮物時，他總會在一旁插話說「喂，這對上野來說，太花稍了」。

因為這種情況一再發生，使得我挑選的走向越來越樸素。總之，謝謝老師。請您多保重。

四月二十九日　柏木幸子　謹上

8

光代惠鑒

聽說妳有男朋友了，恭喜。不過，看妳今天的來信，一副神魂顛倒的模樣，根本就是炫耀文嘛。先聲明一點，我可不是因為不甘示弱才這樣寫，其實我也有喜歡的對象。他是個工作狂。長得不帥，體格也沒多好，但人很親切。我不時會和他兩人獨處。這種時候我總會感到胸口一緊，打錯算盤。還有端茶給他時，總不時會打翻。不過說來可悲，他是有家室的人。而更可悲的是，他還不知道我對他的心意。換句話說，我是可悲的單戀。

誠心祝福阿光的戀情能開花結果。

五月二十三日　阿幸

9

可憐的弘

我把老爸打趴在玄關的土間[1]上，當時我好想一死了之——你在信中所寫的內容，我一再地回頭看。你在信中提到「雖然這是我自己任性的藉口，但如果老爸動手打回來，把我痛扁一頓，打趴在土間上，我應該還能和他和好。但我打贏了老爸，所以一切全完了。老爸和我打了這一架，今後一輩子都會當我是仇人。他絕對不會原諒我」，你的心情我很了解。

其實姊姊也沒辦法和媽媽和好。大概一輩子就這樣了。因為去年歲末的某個深夜，我撞見媽媽和爸爸睡在一起。如果他們感情好，那還能理解。畢竟是夫妻，蓋同一條棉被，光著身子抱在一起睡，是很理所當然的事。但白天的時候明明彼此一句話都不說，以令人看了發毛的冰冷目光互瞪。他們這麼做，明明就對我們姊弟倆帶來陰影，但入夜後，卻又主動摟著渾身酒氣的爸爸。多噁心的光景啊。看了教人反胃，我當時真的吐了。心裡想，這未免也太卑鄙了吧。當時我便下定決心要離開這個家。既然要憎恨爸爸，就該堅持憎恨到底才對。

你想離開家的心情，我懂。但請再多等兩、三天。我會幫你拜託社長，看他能否雇用你。雖然一樣是離開家，但與其孤零零自己一個人生活，還不如跟姊姊一起住。我和社長討論看看，如果順利的話，就寄明信片給你。對了，我會在明信片上寫「我另外寄了兩件牛仔褲給弘一」。你要是看到明信片上這麼寫，就偷偷離家出走吧。我在信裡放了五千日圓。就當作你到時候搭火車的車資吧。

六月六日　幸子

10

社長鈞鑒

我有件事想拜託您。這是我一生僅此一次的請求。很抱歉在您百忙之中還來打擾您，可以請您撥三十分鐘的時間給我嗎？今晚十一點，我在辦公室等您。時間或許有點晚，但因為這件事我不想讓別人知道。

六月六日下午四點　柏木幸子　謹上

1 日式房屋進門處沒鋪木板的黃土地面。

11

弘

我另外寄了兩件牛仔褲給你。

六月八日　幸子

12

父母親大人膝下

爸、媽，在社長的介紹下，弘目前在上野車站附近的洗衣店工作，請你們放心。我在電話裡也說過，我認為這樣也不錯。洗衣店老闆是位能溝通的人，弘應該可以到定時制的高中就讀，完全不用擔心。比起我們姊弟倆的事，請花更多心思在你們自己的問題上。請千萬不要來接弘回去。我已經不是小孩子了。我們的事，我自己會處理。

六月十五日　幸子　叩上

此外，從今天起我換地址了。改搬到立石站前的第二船山大樓。我現在是那棟大樓裡的餐廳「舵輪」的負責人。預計五天後開幕。等一切都穩定下來後，我打算到附近找公寓住。

13

光代惠鑒

阿光，好久沒聯絡了。抱歉。因為這個月實在是忙翻了，都忘了妳的事。妳寫的信，今天才從青戶寄送到我手上，我心裡暗呼一聲「啊，糟糕」，這才想起妳的事。

因為我大受提拔，所以一直忙得不可開交。我現在好歹也是一家有三十五個桌位的餐廳負責人。不過我的工作主要還是計算營業額。我還得接待客人，所以最近都會化妝，髮型也變了。所以每次照鏡子，都會停下腳步，心想「咦？這是哪來的美女啊」。開玩笑的，不過，我是真的很賣力哦。

對了，妳在今天的信中寫到「妳單戀的對象是社長對吧」，為什麼妳會知道呢？是因為我那樣寫，太好猜了嗎？但怎樣都無所謂了，我現在已不再單戀。

因為既然喜歡，那就得兩情相悅才行。社長他其實很可憐。他說他太太生性善妒，又愛浪費，為人冷漠無情。社長不時會低語道「真希望她去死」。前一陣子，他還望著孩子的照片暗自流淚。「要不是有這兩個孩子，我就拋下一切，私奔到遠方重新生活。」

妳應該猜得出他的私奔對象是誰吧。妳的直覺向來很準，我就沒必要公布答案了。那麼，請代我向妳男友問候一聲。

六月二十七日　幸子

14

太一先生

現在是早上八點半。差不多得到店裡去了。原本想叫醒你，但看睡得這麼沉，所以我決定自己先早一步離開。雖然有點不安，但這也是沒辦法的事。

昨晚你終於對我說，要在千葉的船橋再蓋一座娛樂大樓，然後隻身一人前往坐鎮，與家人分居，和我展開兩人生活。我高興得流下淚來。不過，在喜悅中，突然心中湧現一股不安。你現在還是你太太的丈夫。只要一醒來，就得馬上從這裡返家。而你對我做的事，一定也會對你太太做。一想到這點，我就幾欲發狂。拜託你，請千萬不要和你太太搞「外遇」。每次你見到我總會說「我不想再看到我老婆的臉」。所以這應該不是無理的要求吧？

抱歉，寫出這麼低俗的事。不過，如果沒寫下這件事，我實在不想離開這裡。

我另外還有一件要求。船橋的大樓蓋好前，我們見面的場所一直都會是這樣的賓館嗎？我不想這樣。我希望你人一來，我就能朝你的茶杯倒茶，從衣櫥裡拿出你的浴衣、你的內衣褲，替你換上。而且我討厭沾有別人汗漬的墊被。就算空間小也沒關係，可以幫我在小岩或柴又一帶租一間公寓嗎？首先，上賓館太浪費錢了。這一個月來，我們上賓館的次數就多達二十多次吧。應該足足花了三十萬日圓。三十萬日圓！這金額聽了都快叫人發暈。就算只有六張榻榻米或四張半榻榻米大也無妨，我們租間公寓吧。我幾乎每晚都外出，連第二船山大樓員工宿舍裡的人，最近也都用奇怪的眼神看我……

我望著你安詳的睡臉，寫下這封信。傍晚我會再打電話到事務所。

七月四日早上九點　幸子

15

父母親大人膝下

連日酷暑，不知是否別來無恙。我還是老樣子，一直都勤奮工作，請你們放心。

現在我人在金澤。以社長代理人的身分，從事常與人接觸的工作。近日我會寄送金澤的知名和菓子「長生殿」回去給你們，請好好品嘗。我就當這是中元節的贈禮了。

接下來天氣會更炎熱，請多留意身體健康。

七月十日　幸子書於金澤

16

上野啟一老師尊鑒

天氣日漸炎熱，不知老師是否別來無恙。沒能寫信給老師，此事我一直掛懷，但每天被工作追著跑，就此疏於問候。不過我還是很賣力工作。

現在我因為工作的緣故，來到金澤，我突然想起老師愛吃甜食，所以寄送金澤的和菓子給您，請您嘗嘗。這是一家名叫長生殿的和菓子，似乎風味絕佳。那麼，請老師多多保重身體。

七月十日　柏木幸子　謹上

17

光代惠鑒

阿光，我目前住在金澤，和他住一起。

昨天我和他分別在早上和下午離開東京，很晚才在能登的珠洲溫泉會合。然後今天來到了金澤。他只在金澤待了兩個小時，就回東京去了。雖然捨不得他走，但因為他太太一直監視著他，我只好眼淚往肚裡吞，自己一個人留在這裡。金澤實在熱得教人吃不消。

妳在上次的來信中提到，要在明年春天和他訂婚，秋天舉辦婚禮。也許我會比妳搶先一步哦。因為他打算明年春天前要在船橋蓋大樓。等大樓蓋好後，便要和家人分居，改為和我同住。當然了，到時候想必會和他太太吵得很兇，恐怕沒辦法馬上結婚，不過阿光，到時候妳一定要來船橋找我玩。我要讓妳看看我當少婦的模樣。妳可要作好心理準備哦。

我寄金澤的和菓子給妳了。請和妳男友好好享用。

七月十日　阿幸

18

弘

抱歉，讓你為我操心了。

我和社長的事傳出謠言，想必讓你很不安吧。不過，傳聞是真的。姊姊是賭上性命去愛社長……僅止如此。

在傳出好消息之前，就請靜觀其變吧。

七月二十一日　幸子

19

弘

弘，你或許無法理解姊姊現在的心情，不過，請你耐著性子把這封信看完。拜託你了。

事情是這樣的，今天早上，社長太太突然打電話給我。

「我有話想跟妳說，請在上午十點前到我家來。」

社長太太的聲音很平靜，感覺從容不迫。姊姊覺得有點不安。因為我覺得，社長該不會是和太太重修舊好了吧。社長在我面前都說「這兩個月來，我和老婆只講了三、四句話」、「和她見面時，會突然很想掐她脖子」、「真想早日和她離婚」。前一陣他甚至還暗自低語道：

「我討厭她，她也討厭我。情況明明這麼明顯，為什麼我們就不想離婚呢。是我太窩囊嗎？」

社長說的話，姊姊到現在仍深信不疑。但他們兩人畢竟是夫妻，還有孩子。就算重修舊好，也是可以預期的事。為什麼社長太太可以用那麼平靜的口吻說話呢？是社長變心了，還是他開始心志動搖呢？啊～真想早點確認清楚。

我連擱下話筒的時間都等不及，就此從立石街的大樓宿舍奪門而出。九點不到便已抵達社長家。再怎麼說，也未免太早了。我心想，還是到中川的河堤上遛達一個小時再說吧，正準備從門前掉頭時，從二樓傳來社長夫人的笑聲。那笑聲，弘你應該聽不出來，那其實是女人意識到男人的存在時，帶有性暗示的笑聲。姊姊馬上就此邁步朝社長家門走去。傭人正在廚房收拾早餐餐具。少爺出門參加暑輔，不在家。小姐在庭院遊玩。姊姊才得以在沒人發現的情況下走上二樓。

不過，當時姊姊在二樓看到的景象，是地獄。夫人可能是要外出，正在穿一件夏季和服。社長為夫人繫腰帶。

「你繫這麼緊不行啦，肚裡的寶寶會覺得難受。」

「現在才只有兩個月大吧，沒事的。」

「不行、不行……啊，對了，我知道了。你該不會是想將肚裡的寶寶連同我一起勒死吧。」

「怎麼可能。」

「因為，要是沒有了我，你不就能和那個小姑娘在一起了嗎？」

「別再說這件事了。」

社長從太太身後抱住她。

「拜託妳行行好，別跟我離婚。我只喜歡妳一個啊。」

「騙人。」

「男人就算不喜歡對方，也還是能和女人上床。就算和幾十個女人上床也沒問題。那女孩只算是那『數十人』當中的一個。可是老婆嘛……」

「就算你不喜歡我也無所謂。不過，我是絕不會離開這裡的。死也不會。就這樣。」

「我當然明白，我也不想毀了這個家啊。我也打算跟那個女孩把這件事說清楚。」

「那女孩就快到了，你真的說得出口？」

「嗯，我會說的。先不談這個，我們就在這裡……」

「哎呀，人家好不容易繫好腰帶呢。」

之後發生的事，姊姊實在沒勇氣寫。那對夫妻……就在離我五公尺不到的距離溫存。

「最近我完全沒碰我老婆的身。」社長總是像口頭禪似地這樣說道，但他太太卻懷孕了。我大受震撼。「我只喜歡妳一個。那女孩只是外遇的對象之一。」

這句話也很震撼。但是對姊姊造成最大衝擊的，是這對夫妻基於義務所展開的溫存。跟之前我目睹爸媽的那一幕一樣。姊姊為了這種事賭上性命。而夫妻們也都很制式化地做著這件事。賭上性命的一方，被看得遠比義務還不值。我實在無法接受。

姊姊就此走出屋外。社長家的小姐跟著我走，對我說：

「陪我玩嘛。」

姊姊當時好像連回一句「不行」加以拒絕的力氣也不剩。我就這樣魂不守舍的朝中川走去，然後坐向河堤。

「我們找個遊戲玩吧。」

小姐聒噪不休地央求我。

「妳快回去吧，姊姊要想事情。」

「哇，好可怕的眼神。」

小姐大聲嚷著。

「妳果然是惡魔。爸爸媽媽都說姊姊妳是惡魔，看來是真的。我要回去了。」

弘，之後發生的事，姊姊已不記得了。當我回過神來時，小姐已癱軟在我的臂彎中，而我的拇指則是牢牢地嵌進她的脖子……

弘，對不起。姊姊已經沒有餘力為你的未來著想。姊姊得趕快跟著小姐一起走才行。弘，你要加油哦。

七月二十八日上午十一點三十分　幸子

20

三田光代惠鑒

謝謝妳的慰問禮。不過，請不要找尋弘。就隨他去吧。拜託妳了。

九月一日　柏木幸子書於東京看守所

輓歌

1

中野慶一郎老師尊鑒

突然寫信給您，請原諒我的失禮。我是就讀東京某私立女子大學國文系，立志當一名劇作家的女性，今年二十一歲。今年過年期間，我根據某位作家的短篇小說，寫了一篇不到二十頁的短篇小品。雖然一開始沒什麼自信，但寫完後過了一週再回頭看，我開始改變想法，覺得雖然寫得不順的地方相當多，但還不算太糟。與我同屆的學生當中，也有朋友和我一樣在寫戲曲，所以我請她過目。

「這也許算是一部傑作哦。我可以拿去請我們學校戲劇社的人看嗎？」

她如此說道，直接把我的作品帶走了。

而今天，我得到戲劇社社長的回覆。

「登場人物是兩位女性，而且幾乎不需要任何舞台裝置，台詞也寫得很好。我希望能在四月的迎新週一連演出五天……」

我二話不說，馬上答應他的請求。但這次逐漸感到不安。於是我又重看了兩、三遍，結果分不清楚這部作品到底是好是壞。幾經苦思後，我想到除了寫小說外，也有許多戲曲創作的老師您，就此寫信給您。我常看老師您的作品，不，不光只是常看，我對老師可說是無比景仰。我知道，就好的層面來說，老師算是個性比較嚴肅，會讓讀者吃閉門羹，將書迷的信揉成一團，把書迷裝在信封裡的回郵收進自己口袋（請您別生氣，這是某文學雜誌在文壇八卦欄裡對老師所寫的評語，我只是加以引用而已）。但還是拜託您看一下我這部戲曲。這只是不到二十頁的小品，而且我已重新謄過，應該不會占用您太多時間。等您過目後，請告訴我您的感想。如果老師您看不上眼，我就會要求他們取消演出。如果能得到老師您的誇讚，我打算在傳單上引用您說的話。

寫了這麼多厚臉皮的要求，請您見諒。信中所附的，是標題為《為未歸的孩子獻上的輓歌》的戲曲，名稱會不會太長了點呢？

一月十八日　小林文子　謹上

為未歸的孩子獻上的輓歌

登場人物

老母

未婚婦女

只要一張木製長椅，這部戲在什麼地方都能演出。

遠方鐘聲響起。

老母披著毛毯披肩，坐在長椅上。

老母

……啊，小學早上八點的上課鐘聲響了。下行的第一班列車，想必正在大風雪下朝市町邊境的隧道急馳而來。一旦穿過隧道，就來到這座市町了。再過五分鐘後，載著你的那班列車，就會在附上大雪鏟的犁式除雪車的拖曳下，滑進我面前。你知道媽媽等多久了，是抱持怎樣的心思在等你嗎？因為已經整整一年沒見到你。

但媽媽並沒有多開心。非但如此，甚至還感到悲傷。因為你背叛朋友和夥伴，成了一個卑鄙小人，返回故鄉。我可不記得自己生下這樣的卑鄙小人，將你養育成一個懦夫。媽媽希望你是個頂天立地的男子漢。

當你被捕時，在市町裡引發了軒然大波。報社和雜誌社的人甚至湧入這樣的鄉下地方，足足一個禮拜都一直追著我跑。你從小就老做危險的事，媽媽都不敢看，而現在你終於做出這樣的荒唐事了。不過，媽媽並不想責怪你。你似乎相信，只要你用炸彈將大人物們炸飛，這世界就會變得一切順利。真是個性急的孩子。最後你和五名夥伴都遭到逮捕。不，媽媽並沒有責怪你被逮捕。因為警察他們可沒在打混，我猜你們早晚會落網。而且就連媽媽也認為，像你們這種以為只要用炸彈將人炸飛，世上的大部分紛爭都將會得到平息的人，如果一直放著不管，是很危險的事，所以當你被逮捕時，其實我心裡略微鬆了口氣。不過，你應該也早已作好心理準備，明白自己在丟出炸彈後會被捕對吧。你的其他五位夥伴想必也是。但被捕之後你竟然馬上求饒，供出一切，背叛其他沒被捕的夥伴，為什麼你會變成這樣的卑鄙小人呢？的確，你或許是做了壞事。所以看在別人眼裡，你毫無保留地供出一切，或許是值得高興的事，而因為你的招認，要是你們那個組織的首領能就此落網，想必也是令人大感放心的一件事。而你也因為主動招認，所以才特別獲准返回故鄉對吧。但我可是一點也高興不起來啊，因為你是個膽小鬼，是個卑鄙小人。

聽說你是因為想向我盡孝，所以才突然不想死，主動招認。我們市町的警察局長是這麼說的。這就免了吧。不幸的生活我早習慣了。兒童時代沒人理我，少女時代老是遇上惡意的誘惑，而和你爸結婚後，過沒三年他就死了。你從早到晚一直哭……我好幾次都認為自己再也撐不下去了。不過，這世界沒有什麼是無可奈何的不幸。證據就是這些不幸，我一路都承受了下來。但你卻說「我不想讓家母變得更不幸。我想早點痛改前非，向家母盡孝」。抱歉，這種孝順我不接受。就算得做壞事，也深信這麼做是為了這個世界好，並貫徹這樣的信念，死得像個男子漢，我希望自己能有這樣的兒子。要是我的兒子這麼有男子氣概，我能擁有這樣的回憶，那麼，媽媽今後的生活不知道會多有幹勁。但你卻做出這麼卑鄙的行為，將我活下去的幹勁全都奪走了……

汽笛聲逐漸接近。

不過，你真的是搭今天早上南下的第一班列車嗎？媽媽從三天前開始，一早都會坐在停車場的長椅上等你回來。你現在一定餓得剩皮包骨。等你回來後，應該會先好好睡一覺對吧。別在意世人說的話，悠哉的過你的日子吧。等報上不再寫這件事，一切就結束了。等日後你想幹活，再到田裡來工作吧。聽好了，今後你要和土地打交道，以此維生。不能和人打交道。

汽笛聲已來到不遠處。

你真的坐在上面嗎？今天早上真的會回來嗎？雖然說了一大堆，但只要你能回來，媽媽就很開心了。對了，那已是半年前的事了。媽媽也相信你在東京都腳踏實地地工作，當時你不是寄了一封信給我，裡頭放了一張照片嗎？和一位漂亮的女孩站在一起合照。你很難為情地寫道「媽，我就坦白說了吧，這女孩以後有可能成為妳的媳婦哦」。那女孩現在怎樣了呢？想必是你做出那麼離譜的事，令對方感到傻眼，就此對你死心吧。對年輕女孩來說，有個平凡的丈夫，是最可靠的事。

火車駛近，傳來停下的聲音。
老母往上方凝望。

要是今天早上你還是沒下車的話，現在一直到明天早上這段時間，媽媽實在不知道該如何打發時間才好。

火車駛近，傳來停下的聲音。老母往上方凝望。
接著汽笛響起。老母深深的垂落雙肩。

今天早上你還是沒有回來。只有一名女子，神情落寞地低著頭，走下車……好了，我會好好重振精神的，等候明天早上的到來。媽媽現在已經搞不清楚了。第一個早晨，我心裡想，像你這樣的卑鄙小人，我絕不會去迎接你。不過，最後卻還是來到了這裡。昨天早上我還在想，要像你小時候那樣，狠狠賞你耳光。但昨晚我一直睡不著。自從報上提到你向警方自白，獲得免刑後，如今已經過了三天，所以你應該明天早上就會回來，想到這裡，我就開始心跳加速，口乾舌燥。媽媽打算什麼也不說。就默默地抱著你吧。就這樣抱緊你，再也不鬆手。別人是別人，只要你好好活著，不管誰死了，誰被殺，我都無所謂，因為我們今後可以一起生活。

之前我以為再也見不到你了，與那種沉重的心情相比，我覺得現在就像是得到神佛的保證，會再讓我多活一百年。因為我們還有明天。噢，又開始下大雪了。好了，我得去田裡踩麥地[2]了。邊踩麥地，邊

2 趁麥芽還在匍匐狀的時候加以踩踏，能防止冬季的凍傷，避免無謂的生長，提高耐寒性。

想著你的事。很快就春天了，再來就是初夏，到時候我們兩人再一起割麥吧。

一名未婚的婦女從上方戰戰兢兢地走出。
一個白色的方形包袱掛在脖子上。

未婚婦女　不好意思，可以請教一下嗎？

老母　是。如果我能幫得上忙的話……

未婚婦女　您知道吉川家在哪兒嗎？我知道大致的方向，大概是像這樣（她的口吻就像在朗讀詩句）。背對停車場左轉。從停車場上一樣可以望見山丘上的一間獨棟房子，不過，如果往左轉走一小段路，隔著樹叢可以看得更清楚。

老母　妳好像是在開我玩笑呢。既然妳知道得這麼清楚，自己一個人也去得了啊。

未婚婦女　可是，現在全是一片茫茫白雪，看不出方位啊。我有生以來，第一次看到這麼大的雪。

老母 就像妳剛才說的，喏，從這裡就看得到。位於山丘上的那棟小房子。請順著我手指的方向望過去。

未婚婦女 啊，這樣我就懂了。請問，我現在過去拜訪的話，能見到吉川先生的母親嗎？

老母 妳如果到那邊去的話，是見不到她的。

未婚婦女 那麼，我去哪兒能見到她呢？因為我在趕時間。如果不坐上八點二十分的上行列車的話……

老母 如果是八點二十分的上行列車，那可剩沒多少時間呢。

未婚婦女 是的……請問，我想見吉川先生的母親，該上哪兒去找她才好呢？

老母 我就是。太郎曾經寄他和妳的合照給我。所以我一眼就認出妳了。

未婚婦女 ……您是太郎先生的母親？

老母 我正在等太郎回來，可能是不自主地感到雀躍，所以跟妳開起了玩笑。不過我知道，妳喜歡我們家太郎。打從看到那張照片起，我就知道，總有一天妳肯定會和太郎一起來見我，我們母子三人一起融洽地生活，這日子一定會到來。

未婚婦女 ……我帶太郎先生回來了。

老母　妳帶他回來了？他人在哪裡？

未婚婦女　（將掛在脖子上的白色箱子遞向老母）太郎先生就在這個方形盒子裡安眠。

老母　這是那孩子的……？

未婚婦女　他死了。

老母　為什麼？什麼時候的事？

未婚婦女　前天早上。

老母　可是報上寫說他獲得免刑。

未婚婦女　有傳聞說，報社不知道那是警方發布的假消息，或者是刻意刊登。政府為了早點逮捕組織成員，刻意在報上散布假消息，而看了報紙的其他組織成員以為被捕的夥伴供出了一切，就此心生慌亂，這就是政府要的。最後，政府的這個做法奏效了。昨天一天，共有七名成員因為慌張地展開行動，而遭到逮捕。

老母　（緊緊抱著白色盒子）那孩子怎麼會變得這麼輕。

未婚婦女　前天下午將近傍晚時分，警方跟我們的工廠聯絡，要我們將太郎先生的遺體領回。因為怕受到牽連，沒人想前往領取……我和太郎先生在同一家工廠上班。其他人可以就這樣放著他不管，但我實在做不到。

老母　可是，那孩子是怎麼死的？

未婚婦女　在警方的命令下，太郎先生的遺體很快便被火化。不過，太郎先生的遺容，我曾稍微……

老母　妳見過？

未婚婦女　是的。他蓋在草蓆下的臉腫得發紫，手腳充血、腫脹，而且渾身是血。他是被虐殺而死的。警方說他是感染傷寒而死，還開立了死亡證明書。還說因為他死於傳染病，所以屍體得馬上火化。但我知道，他生前遭受嚴重虐待。

老母　（在沉痛的悲傷中重拾了驕傲）我就知道。那孩子才不是會背叛同伴，只想自己獲救的卑鄙小人。是這樣對吧，因為如果他是個卑鄙小人，在變成那個樣子之前，他一定早就無法忍耐了。

未婚婦女　他始終咬緊牙關，一直到他死，都沒洩露半句話。

老母　……身為一個堅強的男人，你死得壯烈。我現在還不清楚，這個消息對我來說，算不算是個可悲的消息。等一個月後、半年後、一年後，我可能才會開始感到悲傷吧。不過，你很了不起，是個有勇氣的男人，到時候我會這樣安慰自己。

遠方傳來汽笛聲。

未婚婦女　啊，上行的列車來了。我好像完全沒能幫得上妳的忙呢。不，能親眼看到太郎先生常說的這個市鎮，而且還是白雪皚皚的市鎮，這樣就已經很慶幸了。而且還能遇到伯母您……聽親眼見到太郎先生他們朝首相的車丟炸彈的人說，我才知道。警方讓他們光著身子，一路走到警察局。

老母　光著身子？

未婚婦女　那個人說，應該是為了避免他們中途逃跑，才刻意這麼做。他們就像是遊街示眾一樣，被押送警局。

老母　他小時候，從小學校回家後，便馬上脫光衣服，穿越那片麥田，一路跑到沿著整排白楊樹而流的小河游泳。妳知道他為何脫光衣服嗎？

未婚婦女　……

老母　因為他不想弄髒衣服，增加我的負擔。這次他大概也是不想增加我的負擔……

老母右手伸向未婚婦女。

未婚婦女緊緊握住她的手。

手好軟啊。妳在工廠裡都做些什麼工作呢？

未婚婦女　一分鐘內打包十二顆肥皂。不過，我不打算回工廠了。原本工廠方面似乎認為，既然我是太郎先生的女友，他們可以睜隻眼閉隻眼。可是前天我說要去領回太郎先生的遺體時，廠長卻對我說，如果妳執意要這麼做的話，請先辭去工廠的工作……所以我辭去工廠的職務。因為我無法丟下太郎先生不管。

老母　妳今後有什麼打算？

未婚婦女　我不知道。不過，如果只是要養活我自己的話，總會有辦法的。

老母　妳想不想到我家來呢？雖然我家小了點，但太郎一定會很高興的。

汽笛聲越來越近。

未婚婦女　我要回東京，我還得照顧和他一起被捕的其他人。

老母　也對。而且妳還年輕……

感覺火車逐漸駛進。

老母　好了，再不走就來不及了。妳想來的話，隨時都可以來找我。

未婚婦女　會有那麼一天的，我一直都很想在這樣的大雪中生活。再見了。

老母　好，等一下。

老母將盒子擺在長椅上，脫下毛毯披肩，披在未婚婦女肩上。

老母　這條毛毯披肩送妳了。

未婚婦女　這樣您不就沒得披了嗎，而且東京也沒這裡冷。

老母　這雖然是一件老舊的毛毯披肩，但總能派得上用場。以我們這裡的習俗，兒子如果娶妻，婆婆都會送毛毯披肩給媳婦。

未婚婦女　好溫暖啊。

未婚婦女披上毛毯披肩，朝上方走去。

老母目送她離去。只有很短暫的時間。

不久，汽笛聲響起。遠去的列車。

老母站在原地，緊緊抱著那方形盒子。

老母　好了，你好好目送那個女孩吧。現在你雖然和我在一起，但那個女孩卻是獨自離去。不過那女孩用不著擔心，我也沒事的。小時候沒人搭理我，少女時代遇上惡意的誘惑，與丈夫死別，兒子又比自己早逝……但媽媽並不覺得自己不幸。因為你是個了不起的人。好了，我就抱著你，一起踩麥地吧，媽媽種的麥子應該會長得很好。

遠處傳來汽笛聲。
光線就此緩緩轉暗，落幕。

2

小林文子小姐

我因為懶得動筆，所以除了寫稿外，連在便條紙上寫備忘都嫌懶，但在看過妳寫的戲曲後，感到怒不可抑，就此提筆回信。坦白說，妳根本沒半點才能。這點再清楚不過了。明明沒才能，卻還想當劇作家，這簡直就像裸身跳進地獄的油鍋裡。相較之下，妳還不如想辦法讓自己過平凡幸福的生活還比較好。我說妳沒半點才能，證據散見於妳寫的戲曲中，最糟糕的是彌漫整部戲曲中的那股無可救藥的感傷。換個說法，妳這根本就太嫩了。再說了，一個鄉下老太太，講得出這麼漂亮的台詞嗎？前半部分那一大段台詞也很教人受不了。

此外，明明積雪深厚，也就是所謂的越冬雪，怎麼可能還去踩麥地呢。看來妳根本沒看過越冬雪，所以我在這裡告訴妳吧，下雪累積達一米或一米半，完全沒消融，而積雪底部在它本身的重量下被壓得像岩石一樣堅硬，這種狀態就叫越冬雪。不管是在上面玩相撲，或是又蹦又跳，積雪底部都完全不受影響。在這種地方，怎麼可能還會「踩麥地」呢？

還有，這名兒子好像因為朝首相的車子丟炸彈而被捕，但犯下這樣的重罪，卻說「只要供出同伴的秘密基地，就能釋放」，這樣的設定怎麼看也覺得奇怪吧。只要不是接受審判後，獲判無罪，不可能這麼輕易就獲釋吧。這名兒子應該是被拷打致死，但就算在某個時期，警方曾展開殘酷的思想取締，但在將屍體交付死者家屬前就擅自火化，也未免太粗暴了。此外，在這種情況下，將屍體領回的人應該是這位「媽媽」才對，就算這位未婚婦女再怎麼多管閒事，這種做法也未免太不顧現實了吧。妳應該調查清楚後再下筆。

還有，邏輯上的矛盾隨處可見。未婚婦女脖子上掛著一個白色盒子登場。白色盒子應該很引人注目，那位老母在這麼長的時間裡竟然一直都沒發現那是「骨灰盒」，這樣的不自然，實在令人難以相信。話說回來，「下行的第一班列車上午八點抵達」，這是都市人的想法，第一班列車大部分都是在六點三十分到七點這段時間抵達。因為地方人士都很早起。未婚婦女似乎是打算「搭八點的下行列車抵達，再搭八點二十分的上行列車返回東京」，但這樣未免也太粗神經了吧。這麼一來，這位未婚婦女應該不覺得自己能在車站遇見老母，原本她計畫是要「從車站到吉川家——將男友的遺骨交給他母親——再從吉川家返回車站」。有誰會認為這樣的流程能在二十分鐘內完成？換句話說，未婚婦女沒理由執著一定要搭八點二十分的上行列車，所以一般來說都是留下來住一晚，就算趕著要折返，還是應該搭乘當天傍晚上行的末班列車，擬定這樣的計畫才算妥當。但為什麼這位未婚婦女對八點二十分的上行列車這麼執著呢？答案只有一個。因為身為作者的妳，想用毛毯披肩的贈予與收受，來為這短短的一幕做結尾。換言之，登場人物是因作者的考量而行動，這麼做的話，這齣戲絕對得不到觀眾的捧場。

寫著寫著，我越來越生氣。妳到底有什麼權利，想讓我看這麼糟的作品？就算要撒嬌，也該懂得適可而止。我就在此負起責任斷言吧。妳沒有才能。絕不能請戲劇社社長同意演出。

一月二十一日早上　中野慶一郎

3

小林文子小姐

我投遞上一封信，順便到家附近散步時，心中湧現某個疑問。妳說這部戲曲，是根據某位作家的一部小品寫成，妳說的作家該不會是我吧？我在成為專職的小說作家前，隸屬於一家小規模的同人雜誌社，寫過十幾篇極短篇小說。那約莫是昭和十年左右的事，當時我還在上大學。因為只能寫出一些無聊的作品，我一度放棄當作家，一直到戰後為止都當一名新聞記者，以此謀生，不過在這段習作時代，好像寫過內容和那部戲曲相仿的極短篇。那已是四十年前的事，所以想不出書名。當然了，我家在戰爭中被燒毀，那本同人誌也同樣付諸一炬。然而，我現在深深覺得我好像寫過類似的內容。這到底是怎麼回事？

一月二十一日正午　中野慶一郎

4

中野慶一郎老師尊鑒

老師，謝謝您寄了兩封信給我。照這樣看來，我們這些國文系的志工策劃在四月的迎新週舉辦的「中野慶一郎展」，**想必**一定很成功。因為討厭寫信，討厭彩紙的老師，竟然接連寫了兩封信，我們能用來展示。

從半年前開始，我便以國文系的名義寫信給老師，希望您能協助我們舉辦中野慶一郎展，並在信中附上回郵，但一概沒有下文。我很想取得老師的親筆字，就此前往出版社，但老師您在印刷結束後，便會馬上取回原稿，所以這招也行不通。

不過，前不久我去高松市旅行時，偶然逛了一家舊書店，發現一本名為《汗》的舊雜誌，上頭薄薄一層灰，彷彿摸了之後，連我的手也會變得又髒又黑。我不想弄髒手，於是沒拿起雜誌，讓它繼續擺在台架上，直接拈起封面翻看，結果發現目錄上刊登出老師的名字。這麼一來，我也就顧不得雜誌有多髒了。我拿起雜誌，專注地翻看起來。那篇故事的篇名為〈毛毯披肩〉，內容幾乎與之前我寄去給您的戲曲（？）一模一樣。我在翻看的同時，便想到要利用這部作品來取得老師的親筆回信。如果我直接將小說轉換為戲曲的格式，寄去給老師，您一定會有反應（而且是用回信的方式），我在看完作品時，便已擬定了這項作戰計畫。

以結果來看，這算是**引老師上鉤**的做法，請您原諒。若換個說法，這表示我們有多麼渴望得到老師您的親筆字。四月下旬的中野慶一郎展，靜候您大駕光臨。

一月二十四日　清心女子大學文學院國文系

「中野慶一郎展」準備委員會志工代表

小林文子　謹上

泛紅的手

【1出生證明】

千葉縣市川市長尊鑒

（A）出生嬰兒

姓名　前澤良子

與父母的關係非婚生子女（私生子）

出生年月日　一九四五年四月一日

出生地　千葉縣市川市北方町六—一　船山婦產科醫院

戶籍地　千葉縣市川市北方町六—八　綠莊3號

戶長姓名　前澤文

與戶長的關係長女

（B）出生嬰兒之父母

父親姓名　不明

父親的出生年月日　不明

母親姓名　前澤文

母親的出生年月日　一九一九年九月十六日

（C）出生嬰兒的申報人

姓名　船山喜八

出生年月日　一九〇二年五月二十九日

住址　千葉縣市川市北方町六－一

戶籍地　同右

與出生嬰兒的關係　接生醫師

一九四五年四月一日申報

【2死亡證明】

千葉縣市川市長尊鑒

（A）死者

死者姓名　前澤文

死者的出生年月日　一九一九年九月十六日

死亡時間　一九四五年四月一日

死亡地點　千葉縣市川市北方町六－一　船山婦產科醫院

死者住址　千葉縣市川市北方町六－八　綠莊 3 號
死者戶籍地　千葉縣長生郡一宮町岩井六七七一番地
死者職業　兼職西式裁縫師

（B）申報人

申報人姓名　船山喜八
申報人出生年月日　一九〇二年五月二十九日
申報人住址　千葉縣市川市北方町六－一
申報人戶籍地　同右
申報人職業　婦產科醫師

一九四五年四月一日申報

【3 死亡診斷書】

死者姓名　前澤文
死者出生年月日　一九一九年九月十六日
死者死亡時間　一九四五年四月一日 上午七點零三分

死亡地點　　　千葉縣市川市北方町六—一
死亡地點的類別　醫院（船山婦產科醫院）
死亡種類　　　病死
死亡原因　　　胎盤分娩後弛緩性出血
診斷如右
　　一九四五年四月一日　千葉縣市川市北方町六—一
　　　　　　　　　　（醫師）船山喜八　印

【4遷入申報】

仙台市長尊鑒
遷入者姓名　　前澤良子
出生年月日　　一九四五年四月一日
戶籍　　　　　千葉縣長生郡一宮町岩井六七七一番地
之前住址　　　千葉縣市川市北方町六—一
之前的戶長　　船山喜八

之後的住址　仙台市原町小田原安養寺下六五六　伯利恆天使園
之後的戶長　瑪麗亞・伊莉莎白

一九四五年十月四日　仙台市原町小田原安養寺下六五六
伯利恆天使園園長瑪麗亞・伊莉莎白　謹上

【5請假申請】

〔六年一班　前澤良子〕

仙台市立東仙台小學校長尊鑒

天使園的孩子們平時受您多所關照。此次寫信是為了前澤良子，她雙手雙腳凍裂嚴重，今天早上無法穿運動鞋。她本人說無論如何也要上學，不肯聽勸，但我們不能讓無法行走的孩子前往，嚴厲地訓了她一頓，今天決定讓她在園內休息一天。她從一年級到現在的全勤紀錄，在今天告終，她本人又哭又鬧。接下來我打算和保育員一起燒開水，將蘿蔔泥放入開水中，讓她浸泡凍裂的手腳。其中一名保育員是山形縣人，聽說在山形都是用這種方式治療凍裂。今後一樣請您多多指教。

一九五六年十二月十四日

伯利恆天使園園長瑪麗亞・伊莉莎白 謹上

【6 洗禮證明書】

受洗者姓名　前澤良子

受洗者出生年月日　一九四五年四月一日

受洗者住址　仙台市原町小田原安養寺下六五六

受洗者職業　仙台市東仙台國中三年級

受洗者教名　瑪麗亞・瑪達肋納

受洗日　一九五九年八月十五日

證明右述無誤

一九五九年八月十五日　聖道明修道會仙台修道院

朱爾・維特神父

【7不參加校外教學申請】

〔三年C班四十三號　前澤良子〕

宮城縣立仙台第二女子高級中學
三年C班導師鈞鑒

全班同學為了我們的園童前澤良子籌措前往京都參加校外教學的旅行費用，真的非常感謝。前澤良子聽聞此事後，對班上同學這份溫情感到很開心，不禁流下了眼淚。不過她本人說：

「我要是去參加校外教學，那就太對不起其他園童了。」

我想您也知道，我們伯利恆天使園的園童，國中畢業後，就會在天主教信徒的援助下就職，謀求自立，離開天使園。不過，前澤良子希望日後能成為伯利恆修道會的修女，因此才特別讓她上高中，繼續留在園內，但只有她一個人受到特別待遇，她對此似乎感到內疚，因此，雖然對同學們的溫情無限感激，但她同時也認為，唯有她不該參加。雖然我一再向她提出建言，要她坦然接受別人的好意，但她還是很堅持自己的意見。

真的很抱歉，但因為這緣故，勢必得回應各位的好意不可。也請老師代為向同學們表達我的謝意。

一九六二年九月十八日　伯利恆天使園園長
瑪麗亞・伊莉莎白　謹上

【8轉籍申請】

仙台市長尊鑒

轉籍申請者姓名　前澤良子
轉籍申請者出生年月日　一九四五年四月一日
轉籍申請者住址　仙台市原町小田原安養寺下六五六
伯利恆女子修道會
轉籍申請者舊籍　千葉縣長生郡一宮町岩井六七七一番地
轉籍申請者新籍　仙台市原町小田原安養寺下六五六

一九六三年四月一日
申請人　前澤良子　印

【9 志願當修女一年立誓書】

伯利恆女子修道會仙台修道院長
瑪麗亞·伊莉沙白修女尊鑒

我，瑪麗亞·瑪達肋納，前澤良子，從今日起一年內，誓言將謹守貞潔、清貧、服從、團結之德行，遵守本修道會會則。

一九六三年四月一日
瑪麗亞·瑪達肋納，前澤良子

【10 志願當修女兩年立誓書】

伯利恆女子修道會仙台修道院長
瑪麗亞·伊莉沙白修女尊鑒

我，瑪麗亞·瑪達肋納，前澤良子，從今日起兩年內，誓言將謹守貞潔、清貧、服從、團結之德行，遵守本修道會會則。

一九六四年四月一日

瑪麗亞．瑪達肋納，前澤良子　謹上

【11志願當修女三年立誓書】

伯利恆女子修道會仙台修道院長

瑪麗亞．伊莉沙白修女尊鑒

我，瑪麗亞．瑪達肋納，前澤良子，從今日起三年內，誓言將謹守貞潔、清貧、服從、團結之德行，遵守本修道會會則。

一九六六年四月一日

瑪麗亞．瑪達肋納，前澤良子　謹上

【12結婚申請】

仙台市長尊鑒

丈夫姓名　北原五郎

丈夫出生年月日　一九四六年三月十日

丈夫住址　仙台市連坊小路四一　茶畑公寓五號
丈夫戶籍　岩手縣下閉伊郡岩泉町穴澤二八六三
丈夫的父親姓名　北原正太郎
丈夫的母親姓名　北原乙女
丈夫與父母的關係　五男
丈夫是初婚或再婚　初婚
丈夫職業　烤地瓜小販
妻子姓名　前澤良子
妻子出生年月日　一九四五年四月一日
妻子住址　仙台市連坊小路四一　茶畑公寓五號
妻子戶籍　仙台市原町小田原安養寺下六五六
妻子的父親姓名　｜
妻子的母親姓名　前澤文
妻子與父母的關係　｜
妻子是初婚或再婚　初婚
妻子職業　｜

開始同住時間一九六九年二月十八日

（申請人簽名）北原五郎
前澤良子

申請年月日　一九六九年三月十日

證人　平岡達夫
一九六五年五月三十日生
住址　仙台市連坊小路四一
職業　公寓房東

小川修一
一九一三年六月七日生
住址　仙台市米袋八二
職業　烤地瓜小販

【13懷孕申報書】

仙台市長尊鑒

孕婦姓名　北原良子
年齡　一九四五年四月一日生（二十四歲）
職業　家庭主婦
戶籍地　岩手縣下閉伊郡岩泉町穴澤二八六三
住址　仙台市連坊小路四一　茶畑公寓五號
戶長姓名　北原五郎
戶長職業　烤地瓜小販
懷孕時間　兩個月
預產期　一九七〇年一月六日
性病相關的健康診斷　無異狀
肺結核相關的健康診斷　無異狀
接受指導的醫師或助產婦
　所在地　仙台市木下六二

機構名稱　豬岡醫院
醫師或助產婦姓名　豬岡剛
懷孕經驗　首次
既有病歷、疾病　無
流產、早產、死胎　無
可曾產下早產兒　無
照右述提出申報
一九六九年五月十九日（申報人姓名）北原良子

【14火災證明申請】

仙台消防局長鈞鑒
使用目的　減輕稅額之資料、死胎申報之附件
需要張數　兩張
與申請人的關係　本人
申請人與受災對象物之關係　居住者

要求證明之內容

一九六九年十一月三十日十九點三十分左右，連坊小路四一番地茶畑公寓發生之建築存放物及其他動產損害之相關證明。

一九六九年十二月一日（申請人）北原五郎

一九四六年三月十日生

仙台市連坊小路七九　青葉莊8號

【15火災證明書】

申請人姓名　北原五郎

申請人住址　仙台市連坊小路七九　青葉莊8號

證明內容　一九六九年十一月三十日十九點三十分左右，因連坊小路四一番地茶畑公寓發生火災，申請人所占有之六張榻榻米大的房間及室內存放之動產，悉數燒毀。

證明右述無誤

一九六九年十二月一日　仙台消防局長

【16死胎證明書】

死胎的男女性別　女
死胎體重　2300公克
懷孕時間　九個月
胎兒死亡時期分娩前
胎兒死亡時間一九六九年十二月一日上午三點四十分
死亡地點　仙台市木下六二
死亡的場所種類　醫院（豬岡醫院）
母親姓名　北原良子
胎兒死亡原因因火災而從二樓窗戶跳下，胎兒急迫死亡
證明右述無誤

一九六九年十二月一日仙台市木下六二　豬岡醫院

院長　豬岡剛一　印

【17死胎火葬許可申請書】

仙台市長尊鑒

父親姓名　北原五郎

母親姓名　北原良子

父親戶籍　岩手縣下閉伊郡岩泉町穴澤二八六三

母親戶籍　岩手縣下閉伊郡岩泉町穴澤二八六三

父母的住址　仙台市連坊小路七九 青葉莊 8 號

性別　九個月大的女胎兒

與父母的關係　長女

胎兒死亡時間　一九六九年十二月一日 上午三點四十分

胎兒死亡證書發行人

　姓名　豬岡剛一

　住址　仙台市木下六二

胎兒死亡地點　仙台市木下六二 豬岡醫院

火葬地點　仙台市小松島火葬場

申請人姓名　北原五郎

申請人住址　仙台市連坊小路七九　青葉莊8號

一九六九年十二月一日

【18離家出走尋人申請】

（負責員警將申請人的口頭陳述寫成文件）

離家出走者姓名　北原五郎

離家出走者出生年月日　一九四六年三月十日

離家出走者戶籍　岩手縣下閉伊郡岩泉町穴澤二八六三

離家出走前的住址　仙台市連坊小路七九　青葉莊8號

離家出走的時間　一九七〇年四月二十八日下午

離家出走者的特徵　身高一百六十八公分。體重六十公斤。圓臉，膚色白皙。怕冷，從初冬到晚春這段期間，雙手雙腳都會泛紅凍裂。右眉有顆大肉疣。齒列不整。駝背。O型腿。後背有動過肺葉切除手術的痕跡。講話不清楚，還略帶口吃。

離家出走時的服裝　草綠色的工作褲搭白襯衫。穿著木屐。

離家出走者可能的去處　有位同是烤地瓜小販的同伴，三年前上京都，在小岩附近擺拉麵攤，也許是去投靠對方。

離家出走的理由　長女胎死腹中後，與妻子感情不睦。也許是家庭失和。

申請人姓名　北原良子

申請人住址　仙台市連坊小路七九　青葉莊8號

申請人與離家出走者的關係　妻子

【19起誓書】

連鎖酒店　弗羅里達興業株式會社

此次蒙貴公司錄用，在此起誓，將遵從上司指示，恪守秩序，履行職務。

此外，當有左述事項發生時，不論何時遭公司解雇，一概沒有異議。

記

一、有敗壞風紀或破壞秩序之行為時。
二、無正當理由，卻接連曠職達五天以上時。或是曠職、遲到、早退過多，
　　工作怠惰時。
三、有公然觸法之行為時。
四、未經許可，受雇於其他店家時。
五、讓客人感到不愉快時。

如前所述

一九七〇年十二月一日
仙台市連坊小路七九　青葉莊　8號
明美——北原良子

【20悔過書】

租屋人　北原良子

　此次因飲酒的緣故，深夜帶男性友人進公寓，違反入住條件，在此致歉。今後絕不會再犯同樣的過錯，不過，萬一到時候您要求我搬離，我也絕無異議。

一九七二年三月四日

仙台市連坊小路七九　青葉莊８號

北原良子　印

【21死亡申報書】

仙台市長尊鑒

（A）死者

死者姓名　北原良子

死者出生年月日　一九四五年四月一日

死亡時間　一九七三年十二月二十四日　晚上十一點四十分左右

死亡地點　仙台市原町小田原安養寺下
　　　　　伯利恆女子修道會正門前道路
死者住址　仙台市連坊小路七九　青葉莊 8 號
死者戶籍　岩手縣下閉伊郡岩泉町穴澤一八六三
死者的丈夫或妻子　丈夫・北原五郎（下落不明）
死者職業　服務業

（B）申報人
申報人姓名　瑪麗亞・伊莉莎白
申報人出生年月日　一九一五・六・五
申報人住址　仙台市原町小田原安養寺下六五五六
申報人戶籍　加拿大魁北克市
申報人職業　伯利恆女子修道會日本管區區長

一九七三年十二月二十五日申報

【22死亡鑑定書】

死者姓名　北原良子

死者出生年月日　一九四五年四月一日

死亡時間　一九七三年十二月二十四日 晚上十一點四十分左右

死亡地點　仙台市原町小田原安養寺下馬路

死亡種類　外在因素死亡

死亡原因　車輛事故導致內臟破裂

診斷如右述

一九七三年十二月二十四日

仙台市原町小田原案內住宅五－一〇〇九

（醫師）小木康正　印

【23屍體火葬許可申請書】

仙台市長尊鑒

死者戶籍　　岩手縣下閉伊郡岩泉町穴澤二八六三
死者住址　　仙台市連坊小路七九 青葉莊 8 號
死者姓名　　北原良子
死者性別　　女
死者出生年月日　　一九四五年四月一日
死因　　非法定傳染病
鑑定書發行者　　小木康正（仙台市原町小田原案內住宅五－一〇〇九）
死亡時間　　一九七三年十二月二十四日 晚上十一點四十分左右
死亡地點　　仙台市原町小田原安養寺下馬路
火葬地點　　仙台市小松島火葬場
申報者住址　　仙台市原町小田原安養寺下六五六
申報者姓名　　瑪麗亞・伊莉莎白
申報者與死者的關係　　教母

一九七三年十二月二十六日

【24 起訴書（拘留中）】

針對左記被告事件提起公訴
一九七四年一月七日　仙台地方檢察署
檢察官事務受理副檢察官　□□□□
仙台地方法院　△△△鈞鑒
戶籍　仙台市原町燕澤甲─六
住址　同右
職業　公司幹部
違反道路交通法
業務過失致死　古川俊夫
一九三四年十月四日生

公訴事實

被告人

第一　身上帶有酒氣，在酒精的影響下，處於可能無法正常駕駛的狀態，於一九七三年十二月二十四日晚上十一點四十分左右，在仙台市原町小田原安養寺下附近道路，駕駛普通自小客車。

第二　在上述時間，駕駛上述汽車時，由於受到開車前喝酒的醉意影響，難以注視前方，處在無法正常駕駛的狀態，所以他有義務馬上停止駕駛，多加注意，但被告疏於警覺，仍漫不經心的處在上述狀態下，以六十公里的時速持續駕駛。被告因此過失，而沒注意到在前述第一項記載之場所附近馬路上，正好走在前方道路左側，與汽車行進同方向的北原良子（當時二十八歲）……

【25信件】

我最喜歡的伊莉莎白園長，我現在身心俱疲。我捨棄了園長，捨棄信仰，闖入人世間，但可能是我太柔弱了，我的身心都變得殘破不堪。當我心裡想「若繼續這樣，我實在活不下去，怎麼辦」，這時，園長您的容顏浮現我心中。

您或許會說「真是自私任性的丫頭」，但現在的我，唯一的生存之道就是倚賴園長您。不過，我一站在大門前，便失去按下門鈴的勇氣。這門檻果然還是太高了。

於是我在附近的咖啡廳寫了這封信，決定今晚將信投入門內的信箱後便回去。明天我會再來。到時候我大概就有勇氣按下門鈴了。

園長您當時對我說「說出妳想離開修道院的理由。如果妳的理由我能接受的話，我會很開心地送妳離開這裡」。但我什麼也沒說，就這樣逃離……其實我就算想說，也說不出口。

園長，您記得我小六時，有一天因雙手泛紅凍裂，而請假沒去上學嗎？我當時一整天都坐在教堂裡。注視著十字架上的上帝之子耶穌，那時，我的疼痛就像突然被抹除般，完全消失了。因為望著祂被釘子貫穿的手掌，我開始覺得「與耶穌雙手的疼痛相比，我的疼痛根本就像被蚊子叮一樣」。之後我覺得耶穌給我一種親近感，於是我下定決心——「我要當祂的新娘」。

因此，誓願儀式對我來說，感覺就像和祂的婚禮，記得當時我相當興奮。但後來我漸漸感到不安，因為儘管我一直在心裡吶喊：

「我要將一切獻給您，我愛您。」

但祂卻始終都不回答我。我開始略感焦急，而就在那時，我在坡道下遇見那個人。

他是一位賣烤地瓜的小販。因為每天洗地瓜，雙手都泛紅凍裂。我把他泛紅的雙手，與祂被釘子貫穿的泛紅雙手搞混在一起，而滿心以為「這個人是祂的化身」。我就此逃出修道院……

我要和耶穌結婚——這話我實在無法對園長您啟齒，所以才一直沒說，但這就是真相。儘管現在回頭看，這也不算是什麼多了不得的真相。

不過園長，耶穌並不在人世間。祂只存在於教堂裡。請讓我留在修道院的角落裡。就算是打雜也好，什麼工作我都願意做。拜託您了。

耶誕節前夜　前澤良子

筆友

1

小林子小姐惠鑒

小幸，我已收到妳的信，得知今年夏天原本預定的北海道之旅取消了。這是我們從高中時代就擬定的計畫呢，真的很遺憾。但這也是沒辦法的事，我自己一個人去。自己一個人也能去北海道旅行七天嗎？當然可以。熟悉北海道的人可不光只有妳哦。妳看看我這樣的作戰策略如何？我要找一本旅行雜誌，在上面自稱是「想和住北海道的人當筆友。我是資歷一年的粉領族，打算在八月上旬展開北海道之旅」。嘿嘿。

對了，小幸妳不去北海道，改去輕井澤的員工宿舍，以我的直覺，妳好像是談戀愛了。就算瞞我也沒用，因為我全都知道。我們可是有國、高中六年的交情呢。妳心裡在想什麼，我就像在解讀自己內心一樣，一清二楚。不過，只要看過妳的來信，應該任誰都看得出來吧。因為在妳那三張信紙中，「坐我對面的原田先生」這個句子，妳知道重複出現過幾次嗎？一共有七次之多。應該任誰都會發現，你們的關係絕不單純。

不過話說回來，真教人羨慕。一流銀行、輕井澤員工宿舍、前途光明的青年行員、坐妳對面的原田先生、這位青年行員邀妳去夏天的輕井澤度假……妳和我不一樣，妳會念書，人又漂亮，所以我去羨慕妳，這本身可能就是個錯誤，但我們這兩家公司比較起來，就像一個在天一個在地，金魚對大肚魚，簡直就是天壤之別。我們公司的名稱叫「TOYOTA文具」，雖叫TOYOTA，但和那家有名的汽車公司一點關係也沒有。啊，這種事根本沒必要刻意寫在這裡對吧。我們公司的所在地是淺草橋的批發街。因為我家在中野車站附近，所以通勤搭國鐵到淺草橋只要一班車就到了，不必轉乘，只有這點還算方便。員工大約有二十五、六人吧。我只見過社長一次。他好像是個麻將迷，幾乎都不到公司來。在熱海、下田、水上這些地方，每天都忙著和人摸八圈。就是以這種方式招待文具製造商以及地方上的第二批發商。附帶一提，我們TOYOTA文具算是第一批發商。在製造商和地方上的第二批發商中間擔任接口的角色。

這位社長的弟弟是常務董事。他可就正經八百了。因為腸胃不好，常吞胃藥。但他早上八點就已經坐在辦公桌前了。上班時間是八點半，但經營高層八點就到公司上班，所以我也被迫得早點到公司才行，很辛苦呢。不過這位常務董事人不壞。他為人親切，做事也很乾脆，常說一切責任由他來扛。

工作上也很熱心，對任何事都會仔細說明。感覺要是沒有他，我們公司恐怕馬上就會倒閉。

課長整天就只會向社長拍馬屁。常藉著業務聯絡的名義，到社長所在的溫泉地找他。課長的臉油光滿面，而且滿頭頭皮屑。光是靠近他身邊都覺得噁心。

坐我對面的，是一位姓西村的地方青年。他生性寡言。整天都不發一語地打著電子計算機。但每次不經意地與他目光交會，他總會對我咧嘴而笑。因為長了太多面皰，臉部皮膚凹凸不平，他也很噁心。會計課就只有課長、西村，還有我三人。一年的營業額好像多達十億日圓，所以我們三人勉強還應付得過來。

附近有一棟公寓是我們的福利設施，這就是我們的員工宿舍。再等上十年，看會不會也有輕井澤宿舍。不，應該是沒辦法吧。我進公司才半個月，沒資格說大話，不過，像我們公司這種批發商應該會逐漸消失。例如蔬菜、水果、牛奶、雞蛋，最近都流行不由中盤商經手，採產地直送或是產地直銷。一樣的道理，輕井澤宿舍根本是痴人說夢，十年後只要公司沒倒閉，就已經是萬幸了。

小幸，那就代我向妳對面的青年原田問聲好吧。要好好保重。哪天我們再找個地方聚一聚，好好聊。

四月十六日　本宮弘子　謹上

2

我計畫今年八月上旬要去北海道旅行。

我一直很憧憬搭夜行列車展開旅行。

預定就我一個女生展開為期七天的旅行。希望北海道人可以提供我好的建議，也希望能彼此通信。

東京都中野區打越町四一

上班族　本宮弘子（十九歲）

（月刊《旅行與歷史》六月號）

3

情婦第二候補人選大鑑

妳說想到北海道旅行。那我來陪妳吧。先介紹一下我自己吧，平時長八公分，粗細和義大利香腸差不多。不過，勃起時可就厲害囉。長十四公分，粗度則是和 mannswines 販售的「manns rose」瓶口相當。就讓我在北海道的旅館裡，用它朝妳**那兒**狂抽猛送吧。一定能成為妳終生難忘的一趟旅程。寫信這種拖拖拉拉的事就免了，我們當面聊吧。五月的第三個星期天中午，我在新宿的京王廣場大飯店的大廳等妳。我會戴著墨鏡站在那裡，手裡拿著一本《旅行與歷史》。我們可以直接在飯店裡開房間。我能給妳高超的性愛技術建議。

看妳在雜誌上登廣告說要徵筆友，想必妳沒什麼男人緣，為此大感困擾吧。應該是長得很醜。不過沒關係。因為我只對頸部以下感興趣。那就等妳的到來吧。

五月十五日　黑帝

4

本宮弘子小姐惠鑒

我以《旅行與歷史》的讀者身分，提筆寫信給您。我是住在函館市的一名六十七歲的老人。話雖如此，我只有一部分牙齒是假牙，至於其他方面可不輸年輕人。至於我的家業，這可不是我在吹噓，我們是市內數一數二的家具店，不過現在我已退休，全交由我兒子掌管。

您要到北海道旅行，可以由我來當您的嚮導。北海道算是我的家鄉，我已經旅行過數十回，幾乎每個地方都去過。而且我喜歡歷史，尤其是阿伊努族，在我和市內的同好者一起合出的研究雜誌上，發表了多篇論文。

為什麼我會做這樣的提議呢。就在這裡告訴您吧。我不喜歡像您這樣的北海道觀光客。馬鈴薯、玉米、拉麵、原野、白楊樹、雪祭，最近有太多的觀光客只想參觀這些很表淺的地方。當然了，我並不是說不能參觀這些地方、不能體驗這些事物。不過，如果只是參觀肉眼看得到的北海道，那實在太無趣了，我希望您能透過現在肉眼看得到的北海道，去用心感受阿伊努族的歷史以及開拓先民的歷史，滿載而歸。北海道和沖繩一樣，是如何備受日本本土的掠奪和凌辱，我希望您能稍微有所了解。或許您會認為我是個滿口大道理的老頭子，不過，望著每到這個季節，就穿著牛仔褲，背著大背包，來到北海道追求「異國情懷」的年輕觀光客，總令我感到厭煩。

雖然不可能向數萬，甚至數十萬湧入的觀光客一一說教，但如果只針對當中的幾個人，倒也不是不可能的事。我決定就從您開始。如何？是否想讓我當您的嚮導呢？靜候佳音。

五月十七日函館市蛾眉野町三

高野大三郎　謹上

5

本宮弘子小姐惠鑒

您說預定八月上旬要前往北海道，不過，如果是我，則會以晚一個月的七夕（八月七日）札幌市豐平川畔煙火大會為中心，來安排旅程。我也曾看過那場煙火大會，真的很棒。當然了，東京應該也有煙火大會。也許東京那邊的煙火大會規模比豐平川畔這邊還大。不過，北海道的空氣很清新，煙火的顏色無比鮮豔。就像東京的星空不怎麼出色一樣，那邊的煙火應該也顯現不出漂亮的顏色吧。所以推薦您前來欣賞。

如果是搭青函渡輪前往北海道，那麼，函館自然是您這趟旅行的出發點，不過，以函館為中心的道南，有許多文化財產。例如位於函館市錢龜澤的豪族小林氏的宅邸遺址「志海苔館遺址」，以及檜山郡上國町的「勝山館遺址」、「花澤館遺址」。松前有福山（松前）城遺址。與松前齊名的古鎮江差町，有橫山家的漁場建築、生活用具、捕魚道具，可讓人遙想往昔捕鯡魚的榮景。還有函館市的特別歷史遺跡五稜郭。花兩天的時間逛這些地方，應該能充分掌握北海道這塊土地的氣氛和歷史背景。

這樣就在函館花了兩天的時間。接下來是花兩天的時間在札幌市。如果是預定七天的時間，還會剩下三天，接下來可就難抉擇了。看是要直直地北上，前往稚內市，還是經旭川市朝東北而去，前往網走市，或是往東行，逛逛釧路市和根室市，行經襟裳岬，踏上歸途，隨著您所選的路線方向不同，您對北海道的印象也會有很大的差異。老實說，要「七天玩遍北海道」，根本就不可能。就算是走馬看花四處逛，至少也需要十五天的時間。

對了，忘了自我介紹。我是網走人。在某市公所上班，今年二十三歲，是個沒什麼優點的單身青年。若問到我為何會寄這封信給您，其實是因為七月下旬，在東京舉辦為期一週的全國性大規模研習，我預定會參加。換言之，我從東京回來的路上，可以和您會合，帶您參觀北海道。以我網走人的身分來說，在剛才提到的三種行程當中，我最想推薦第二的網走行。因為百花齊放的斜里草原原生花園、能取岬森林、廣闊的牧場，這都是北方特有的景觀，您應該能樂在其中。我也能開車帶您參觀，如果您願意的話，我家也能提供住宿。我家位於網走市東邊四十公里處的斜里町，斜里海岸花田就在眼前。您一定會喜歡的。我星期一到星期六都是住在網走市的朋友家中。那麼，今天就先談到這兒。

五月十七日　網走市藻琴六之七　日野先生

酒井健一郎　謹上

6

小林幸子小姐惠鑒

小幸，上次的星期六下午真的很開心。那是我們畢業後第一次重逢，不過，妳就像變了個人似的，嚇了我一大跳。美得連我都要嫉妒了。可能是當了大銀行的行員後，自然也就變時尚了。像我進了公司後，還是這個土樣。不管打扮得再漂亮，畢竟還是職場，而更重要的是，我天生就長得不漂亮。

對了，這禮拜我收到了三封信。我刊登廣告，徵求北海道的筆友，有三名男性主動與我聯絡。一封像是在惡作劇，寫滿了情色的話語。看得我頭暈目眩，滿臉通紅。我大叫一聲「好噁心」，將它揉成一團，丟進垃圾桶裡。但後來想了想，還是將它撿了起來，下次見面時再拿妳看。因為內容實在是太煽情了。

第二封信是一位函館的老先生寫的。這封信就很正經八百。不過也太過正經了，後半段盡是在講大道理。我打算PASS。

最後一封信就比較平凡，姑且算合格。感覺是個很親切的人。二十三歲，是網走市的居民。對方說他在市公所上班。名叫酒井健一郎。名字還挺帥氣的吧。我的近況報告完畢。坐妳對面的原田先生最近怎樣啊？還是一樣親切嗎？

五月二十一日　本宮弘子　謹上

7

高野大三郎先生尊前

謝謝您的來信。我在《旅行與歷史》刊登的廣告，竟然收到八十三封信。到底該和哪位當筆友呢，我為此苦思良久。雖然很失禮，但最後還是基於以下的標準進行一番**篩選**。

①惡作劇的信件率先排除

②同性排除

③非二十多歲的男性排除

難得您特地寫信給我，但因為您符合③的排除條件，所以未能獲選。請您見諒。此外，阿伊努族以及開拓先民的歷史，我會認真的學習和了解，請您放心。謹致。

五月二十一日　本宮弘子　謹上

8

酒井健一郎先生惠鑒

在八十三封願意和我當筆友的來信中，我為什麼會選擇您當我的筆友呢，就容我先在此說明原因吧。那八十三封信當中，有一看就知道是惡作劇的來信，也有老年人寄來的信。排除掉這些信之後，還剩三十多封。大家都是認真又親切的好人，正當我拿不定主意，為此苦惱時，那信件堆疊成的小山突然塌落，其中一封信掉到桌下。

（這該不會是神明代替我選的吧？）

當時我腦中閃過這個奇怪的念頭。

（一定就是這樣。神明看我不知道該選哪個好，特地出手幫了我一把。）

我戰戰兢兢地撿起那封信後，發現那是您寫的信。就在那一瞬間，我拿定主意，要選您當筆友，今年夏天就將網走納入行程吧。

在此稍微介紹一下我自己。我從今年四月起，在一家文具批發商擔任會計。其實我原本通過了一家大銀行的面試，但這家批發商說他們很希望我能進他們公司，不得已，我只好選擇他們了。因為我伯父就是社長，不得不妥協。

坦白說，工作內容很無趣，職場也很無趣。因為坐我對面的男子，整天都不講話。大部分公司在午餐時間，一些合得來的同事不是都會一起去午餐嗎？但我們公司的會計就只有我和這位省話一哥，所以我總是自己一個人吃午餐。此外還有一位類似課長的人物，他平均兩天就有一天不在座位上，就算在公司裡，也都是自己帶便當，所以一樣沒用。

今天就先寫到這兒吧。從現在起，我開始對札幌豐平川畔的煙火大會充滿期待了。敬祝安康。

五月二十一日　本宮弘子　謹上

9

本宮弘子小姐惠鑒

我今天收到您的回信，得知自己從您的筆友篩選中落選了。我並不是因為對落選懷恨在心才這麼說，不過說到底，您根本就只是在找男人嘛。這如實呈現在您訂立的篩選標準上……②同性排除。③非二十多歲男性排除。在這上頭顯露出您的真實心聲。要找男人是無妨，但我誠心祈求，願您這次的北海道之旅別淪為男人的玩物，成為一場傷心之旅。

五月二十五日　高野大三郎

10

本宮弘子小姐惠鑒

謝謝妳的回信。收到八十三封想當筆友的回信，這也太厲害了吧。而我從那八十三人當中獲選，實在太幸運了。看來我得感謝讓我那封信掉落桌下的那位神明才行。

妳說妳伯父是妳上班那家公司的社長，想必會有很多不方便之處吧。其他人可能也不太好和妳相處。坐妳對面那位省話一哥大概也是這樣。面對社長的姪女，大家都會有所顧忌。不妨下次換妳主動邀對方一起用餐如何？——其實我很不想這麼說。我這樣似乎有點任性，不過我感到嫉妒。

對了，我結束研習返回北海道，是八月三日。搭晚上十點二十七分從上野車站出發的特快車「十和田3號」。這樣下午三點就能抵達函館。之後的預定行程，我寫在另一張紙上，供妳參考。如果有哪裡想要更改，請儘管跟我說，不用客氣。期待見面那天的到來。

六月五日　酒井健一郎　謹上

11

酒井健一郎先生惠鑒

謝謝你的北海道旅行預定計畫表。我決定貼在房間牆上，每天看。今天順道去了書店，買了五本北海道旅遊書和歷史書。想趁出發前好好研究一下北海道。

對了，我試著照你之前教我的方式做了。開口邀坐我對面的省話一哥一起吃飯。啊，對了，我還沒告訴你這位省話一哥的名字對吧。他的名字叫西村光隆。這名字聽起來很像什麼大人物對吧。西村先生一開始先是一愣，但接著馬上脹紅了臉，跟在我後頭走。

用餐時他也幾乎都沒說話。氣氛很尷尬，實在難受。而且他手肘把杯子撞落地面，湯匙也掉地，整個人僵到不行。我忍不住笑了。不過，見我笑了，西村先生好像也就此化解全身的緊繃。接著雖然只是有一句沒一句地搭話，但他已稍微肯開口了。換言之，感覺這個無趣的職場，終於開始吹來一陣涼風。所以我得謝謝你。

我正在看你隨著預定計畫表一起寄來的照片。老實說，我沒想到你長得這麼帥。雖然我們還沒當面說過話，但感覺就像自己哥哥一樣。我也會寄照片給你。你看了可別失望哦。

六月十日　本宮弘子　謹上

12

本宮弘子小姐惠鑒

謝謝妳寄來的照片。妳和我想像的一樣，從信中感受到的踏實感，充分顯現在臉上。還有，妳的眼睛很漂亮。一定是神明（＝造物主）特別用心打造妳的雙眸。也許是因為精力過度投注在雙眸，其他部分就偷懶了點，但這種事並不重要，我很喜歡。謝謝妳。

妳開口邀那位省話一哥一起用餐，看來我的建言派上用場，真是太好了。依照我的經驗，在女人面前馬上就能侃侃而談的傢伙，不太可靠。大部分男性，尤其是二十到二十五歲這個年紀，一旦面對女性，就會變得有點結巴，這表示省話一哥也是個正經的男人……不，他的事我已不想再聽了。沒錯，我現在清楚對他感受到妒意。我們換個話題吧。七月下旬，我上東京研習這段時間，我不會和妳聯絡。因為我人也在東京，要是我想見妳的話，是有可能見到面，但我相信，上野車站的驗票口才是第一次見面最棒的舞台。雖然有點痛苦，但我決定等到那時候再見面。啊，還有四十天。希望這四十天趕快過去。

六月二十五日　酒井健一郎　謹上

13

酒井健一郎先生惠鑒

直接切入正題吧，今天發生了一件很不愉快的事，我非寫下來不可。請你別生氣，把這封信看完。

今天，在省話一哥西村先生的邀約下，我們一起喝咖啡。當時西村先生惴惴不安地向我問道「妳現在有交往的男性嗎」。我告訴他「我目前有位在北海道網走市的市公所上班的男筆友」，就此說出你的事，結果他想了一會兒後，突然跟我說：

「妳說的這位酒井健一郎，也許是網走監獄的受刑人。」

這話實在太驚人了，所以我望著西村先生，目瞪口呆。他接著說：

「我有三個理由。之前曾經發生過一起事件，有位仙台宮城監獄的受刑人，在服刑期間與某位女性當筆友，出獄後馬上前往女方的住處，以結婚當誘餌，騙得上百萬的現金。我覺得手法很相似。第二個理由，弘子小姐妳第一次寫信給這位酒井健一郎，是在五月二十一日。而他回信是在六月五日。郵件得花幾天才能從東京寄達網走，我不是很清楚，但如果有五天的時間，應該是很充裕了。若是這樣，妳在五月二十一日寫信，隔天投遞，五月二十七日之前應該就會寄達網走。但這位酒井先生卻擺了十天才回信。面對筆友的第一封信，竟然擱置這麼久才回信，怎麼看都覺得怪。就人情義理來說，應該當天就回信才對吧。酒井先生收到妳的第二封信後，到他寫第三封信回妳，中間隔了將近半個月。這點實在很可疑。第三個理由，他的地址寫『日野先生』，實在令人覺得古怪。這樣應該能做如下的猜測吧……假設有這麼一個男人，他目前在網走一處未登記的地址服刑。

不過，他預定七月底出獄，正在擬定出獄後的計畫。某天，他從監獄裡的雜誌《旅行與歷史》上得知有一名粉領族正在為自己的北海道之旅找一位嚮導。於是心想，好，就和這名女子當筆友，和她混熟吧。等出獄後，就立刻上東京，在上野車站和她會合，帶她到北海道。然後和她發生肉體關係，再藉此要她自己雙手把錢奉上。問題在於要如何持續與她通信，又不讓女子發現他人在監獄，嗯……有了，就請我住在網走市的朋友日野幫忙吧。請到監獄裡探監的日野幫忙寄信給女子。等女子回信後，再請日野來探監。由日野在會客時間念女子寫的信，他再告訴日野該如何回信。日野回家後，便照他說的回信。好，就照這個方式進行。弘子小姐，如何，剛才我說的有沒有可能？」

他說你心裡打的是這麼可怕的主意，我實在不敢相信。不過，偏偏我又沒自信，可以很肯定地回他一句「西村先生，你的推理完全錯誤」。畢竟再怎麼說，我對你的了解還不深……總之，衷心希望這一切都不是像西村先生的推理那樣。

六月三十日　本宮弘子　謹上

追記

請告訴我你服務的市公所以及住宿地點。因為我想直接聽你的聲音……

14

本宮弘子小姐惠鑒

坐妳對面的省話一哥西村，真的不簡單。一切全被他看穿了，我佩服得五體投地。我確實就是西村說的那種男人，也正在計畫他所說的內容。不過妳說「請告訴我你服務的市公所以及住宿地點。因為我想直接聽你的聲音……」，妳在打什麼主意，我一清二楚。等問出電話後，妳想實際打電話確認，看我是否真的人在監獄裡對吧，這可不行。我決定就此撤退。再見了。

七月十五日　在網走　健一郎

15

小林幸子小姐惠鑒

小幸，我現在已抵達函館的青年旅舍，即將迎接北海道的第一個夜晚。不過，請別誤會哦，我當然是和他分別睡不同的房間。對了，關於西村先生看穿酒井健一郎的陰謀、他決定代替酒井當我北海道的嚮導，以及他是北海道北見市出身，很熟悉這塊土地……這些我全都跟妳說過了對吧。

不過，我自己也**太大意**了。當我得知西村先生是北見市出身時，就應該看穿這個計謀。但我卻一直等到翻閱西村先生的記事本後，才明白這件事。實在太迷糊了。

事情是這樣的。今天下午我們前往江差。我走進江差車站前的食堂，吃了一碗中華冷麵當點心，而點完餐的西村先生則是去上洗手間。當時他擺在椅子上的包包滾落土間。不得已，我只好幫他撿拾從背包裡掉出，散落在土間上的記事本、肥皂、一疊信。**但那些信全是我之前寫給筆友酒井健一郎的信啊**。那時候我大吃一驚。我望向記事本上的通訊錄，上頭有個名字寫著「日野康一」。地址寫著「網走市藻琴六之七」，而且「公司」一欄寫著「網走魚市場，北見高中同學」。

我這才恍然大悟。沒錯，酒井健一郎就是西村光隆。我在午休時間常會拿出《旅行和歷史》來看。當我刊登「徵求筆友」的廣告時，曾在那一頁夾了一張紙，直接就擺在桌上。西村先生看了之後，透過網走市的好友，冒名寫信應徵筆友。所以酒井健一郎的回覆才會總是晚上幾天。因為信件得兜一大圈，經過「我→網走市日野先生→東京西村先生的住處→網走市日野先生→我」這樣的路線，所以酒井健一郎（也就是西村先生）自然得很晚才能回信。

不過，西村先生這個人，透過酒井健一郎來突顯自己的優點，妳不覺得他挺有一手的嗎？

咦，妳問西村先生為什麼要採取這麼大費周章的做法？嘿嘿嘿，這可能表示他喜歡我吧。不過，他不善言詞，在我面前變得更加不會說話。於是才利用酒井健一郎這個身分，讓我主動開口邀他一起用餐。當我發現這件事情時，感覺內心大受感動……

不過小幸，我打算一輩子裝傻，始終都假裝不知道酒井健一郎就是西村先生。我不想讓西村先生感到難堪，而且我也騙他說我是社長的姪女，扯了不少謊，這時候裝傻才是明智之舉對吧？那就下次見了。

八月四日晚上　在函館　本宮弘子

第三十番善樂寺

1

高知縣身障者機構綠莊的各位職員鈞鑒

請容我先自我介紹。我是「錦絲宿舍」（東京都墨田區錦絲一—六　花山圭太郎宿舍長）的職員，這是一所專門收容歲末期間找不到工作，無處容身的人們，供他們在此過冬的收容機構。看這封信的各位都在福利機構任職，但恐怕不太了解像我們「錦絲宿舍」這樣的機構。因為這種機構目前只在東京才有。

每年在歲末到過年這段期間，打零工的工作大幅減少。因為工作減少，別說住廉價旅館了，就連三餐餐費都沒著落的這些勞工，收容他們在此過年，這就是我們「錦絲宿舍」扮演的角色。不光只限於勞工，許多離家出走的人也會來，這些收容者會在此落腳，好好貯備精力。身體有狀況的人，會從我們這裡到醫院接受治療。當中也有人會從我們這裡到各種學校就讀，試圖掌握機會，重新振作。不過很遺憾，因為預算的緣故，我們於十二月開放，三月底就會關閉。如果資金足夠，就能全年開放，供那些無處容身，為此發愁的人們使用。

我要補充一點，我們是私人機構。建築物是老舊公寓改建而成，一共有七間房，收容人數為三十人，職員一共八人。職員主要是學生。裡頭有像我一樣工作性質與眾不同的人，在十二月到三月這段期間在「錦絲宿舍」工作，四月到十一月這段期間則是在上野的「遊民暫時收容所」工作。

接下來，我要說出我寫這封信真正的目的。其實我在尋人。此人名叫古川俊夫，年齡四十一歲。身高一百六十五公分，體重六十八公斤，一位身材微胖的男性。兩年前因車禍而雙手雙腳行動不便，走路微跛。額頭和左頰有傷疤，這也是車禍時造成的。

古川先生是在一九七五年一月十五日來到我們的「錦絲宿舍」。他在淺草倒臥路旁時，被人發現送來這裡。當初進我們宿舍時，只能扶著牆壁或桌子勉強行走。而住了兩個禮拜左右，他很專注地培養體力，從第三週起，他已開始展開恢復手腳功能的訓練。而那時候我想到，為了幫助古川先生恢復手部的功能，或許可嘗試畫畫。古川先生向來都面無表情，也沉默寡言，但他很喜歡畫畫。因為我們這裡是這樣的機構，沒有像樣的畫。頂多就只有掛在各個牆壁上的複製名畫月曆，但古川先生常在這些複製名畫前一坐就是一兩個小時。

（試著讓他握鉛筆吧。）

我產生這個念頭。

（用鉛筆作畫……藉由這麼做，或許能略微加快他手部功能恢復的速度。）

我馬上買了４Ｂ鉛筆和二十張圖畫紙，遞向古川先生面前。接著他就像全身顫抖般，想要握住鉛筆。之前從未自己主動想要什麼，或是展開任何行動的他，第一次自發性地想握住什麼。我深受感動。接著我幫古川先生將鉛筆固定在他右手的拇指和食指上。

起初他花了整整一天才畫出一張畫。畫出的圖畫也是，線條四處交錯，根本看不出在畫些什麼。但畫了十四、五張後，他的作畫速度提升，呈現出的畫面也越來越巧妙。最後，他在三月底前一共畫了九十三張畫。至於他的繪畫技巧究竟有多高，我在信中放了一幅畫，請各位親眼鑑識。

隨著畫越畫越好，原本少言寡語的古川先生也漸漸開始肯說話了。他說，以前他經營一家街頭廣告公司，他自己也畫電影院的海報看板，發生車禍後，曾在某個機構接受療養，而在被人送來「錦絲宿舍」前，他白天都拖著行動不便的身軀撿資源回收，晚上則在山谷的廉價旅館過夜。同時他手腳的功能也已恢復許多。

而在一九七五年三月三十一日，古川先生因為這裡暫時關閉，而改遷至江東區的福利機構「越中島莊」。道別那天，我們送古川先生顏料、畫筆、調色盤、素描簿，但他在六月時留言給我們後，便突然離開「越中島莊」。留言內容如下。

「我打算去四國八十八箇所巡禮，十二月時會再回到『錦絲宿舍』露面。向大家問候。」

去年十二月一日，我們宿舍再次開放。我們事先買好顏料和畫紙等古川先生回來。但在三月三十一日的此刻，古川先生始終音訊全無。古川先生到底是怎麼了呢？該不會是昏倒在四國八十八箇所的某處吧？我越來越擔心了。於是我們職員決定分頭寫信給四國的身障者機構和福利機構。我剛好分配到高知縣的部分，高知縣的機構職員們被迫得看這麼長的一封信，真的很抱歉。因為我其他同伴應該會寫得比我簡潔扼要。

總之，不知各位是否有古川俊夫先生的消息呢？或許您那邊的機構正好收容了他。在各位百忙之中還寫信打擾，真的很抱歉，不過，只要是和古川俊夫先生有關係的消息，不管是怎樣的事都無妨，要是有哪位知道的話，可以向上野的遊民暫時收容所通報一聲嗎？麻煩各位了。

一九七六年三月三十一日　平幡安次　敬上

2

平幡安次先生鈞鑒

古川俊夫先生在我們這裡。請您放心。

昨天正午，綠莊的職員打電話給我們。

「有人寫信到綠莊來，不知道你們那邊是否有線索？我們這邊沒有那個人……」

對方先提了這麼一件事，接著便在電話那頭念起了您寫的信。我是個愛哭鬼，常動不動就流淚。所以大家都用我的綽號「愛哭扶美」叫我。我聽綠莊的職員朗讀您寫的信，聽著聽著，忍不住潸然淚下。竟然有人會這麼關心這樣一位身障者，這令我深受感動。

對了，您並未寫信給我們。這也怪不得您，因為我們這家「燕共同作業所」才開業半年，而且是私人機構。身障者構機名冊或福利機構名冊上還沒有我們機構的名稱。應該還沒人知道我們，所以您也無從寫信。我就先稍微介紹一下我們這處作業所吧。

高知市的浦戶灣，匯注了來自西邊的鏡川、來自北邊的久萬川，以及來自東邊的國分川這三條河流，而在國分川河口北方約四公里處的住宅地裡，有一棟附空地的平房住宅。是很平凡無奇的普通房子。正中央是六張榻榻米大的客廳，左邊一間四張半榻榻米大的房間，右邊一間六張榻榻米大的房間，另外還有廚房、廁所、浴室，這樣的格局是這一帶標準的住宅樣式。比較不同的是蓋在空地上的八坪大組合屋，其實這組合屋就是我們「燕共同作業所」的主體。有九名身障者在這裡從早到晚忙著製作洗衣夾。我負責從市內的超市、百貨公司、雜貨店那裡取得洗衣夾的訂單，計算營業額和所員的薪水，準備午餐和晚餐，如果說銷售、會計、伙食，這三項工作全部由我一手包辦，您應該就會明白我的大致工作內容了。最辛苦的是午餐。有五人是從家中通勤上班的所員，另外五人是住在所內的所員，所以午餐時全員到齊。午餐算是這裡的正餐，我都很賣力地在廚房準備午餐。不過，這九人都是身障者，所以非得用筷子才能吃的菜肴要極力避免。所以大多是像咖哩飯、牛肉燴飯、炒飯、抓飯、蛋包飯，這類用湯匙就能吃的菜單。

所內的職員除了我之外，還有一人。他是我們的所長立林先生，立林先生負責的工作，是將做好的洗衣夾送到客戶手上，跑福祉事務所、市公所、縣政府處理公務。我們所內就只有所長立林先生和我不是身障者。開創這家作業所的是立林先生，其實他同時也是這棟建築的持有人。去年五月，他還在東京的大學就讀時，父母因車禍亡故，急忙返鄉的他就此沒再回大學念書，而是突然開設了這間作業所。

「我實在不忍心看身障者憑藉政府的同情施捨，當自己是附屬物，就這樣過完自己重要的一生。他們最需要的是獨立，靠自己的勞力來養活自己。這麼一來，才會覺得自己是真正活著，而就此湧現這樣的自信與尊嚴。我想幫助他們。還有一點，不知道我自己會不會哪天也因為車禍或什麼意外而變得行動不便。到時候我會希望『啊，要是有個這樣的機構，希望他們也能讓我加入。我想在這裡工作。如果是在這裡，就能不必仰賴世人的同情，靠自己活下去』，所以我想建立一座會讓自己想要加入的共同作業所。」

去年五月，地方報紙上刊登出立林先生這樣的抱負。當時我在高知最大的百貨公司內的和服布料賣場當銷售員，他說的那番話令我心裡產生共鳴。高知也有不少有錢人，平均一天總會有兩、三位客人，直接掏現金買下一件價值數十萬日圓的和服。就百貨公司的店員來說，這是值得感謝的貴客，但我卻時常因此而腦袋或心中變得一片空白。其實不是我態度轉變，而是我原本就是貧農出身，是家中的三女。父母總是渾身汗水和泥巴，彎著腰在田地裡耕種。他們的收入抵不上幾件高級的和服。雖然那些太複雜的事我不懂，不過，每次賣出和服時，我總會心想「這世界到底是怎麼了」，對此感到納悶不解。

（在這種職場工作，腦袋會變得不太正常。這或許是窮人在鬧彆扭，不過，我實在無法坦率地說一句「謝謝惠顧」。就算講了，也是言不由衷，心裡逐漸對客人產生一股叛逆感。不管是什麼地方都好，我希望能由衷地對客人說一句「謝謝您的惠顧」，想在這樣的職場工作。）

我也曾抱持這樣的想法。立林先生說的話，在我心裡產生迴響。看完那篇報導的隔天，我便來到這裡。所有人的薪水都一樣，雖然有時多有時少，每個月都不固定，但大約是一萬五千日圓左右。是百貨公司薪水的五分之一。原本很期待我拿薪水回家的父母，露出難過的表情，但也只有剛開始那一陣子，他們現在已經不會對我說什麼了。而對於那些將洗衣夾擺在店裡的顧客們，我每天都能由衷地說「謝謝您的惠顧」。

最後變成全在寫我自己的事。您在找尋的古川俊夫先生，和我們一起在這裡認真工作。他幾乎都不說話，一天能做出約兩百五十個洗衣夾。在這九人當中，產能算是第三高。

「古川先生，你還記得東京『錦絲宿舍』的平幡先生嗎？」

昨天傍晚回家前，我向古川先生詢問這件事。他就只是應了聲「嗯」，微微點頭。不過，他並沒有顯得不高興。因為您也知道的，古川先生向來都是如此。那麼，在這裡再向您報告一次，古川先生一切安好，今晚就此擱筆。

四月七日　村野扶美子　謹上

3

村野扶美子小姐鈞鑒

很高興收到您的回信。真的很感興。知道古川先生平安無事，我著實鬆了口氣。對了，古川先生是透過什麼管道，而由你們收容呢？希望您有空時，能寫信回覆我。

我明白自己應該寫封更長的信，向各位表達我的感謝之意才對，但現在的我實在太高興了，很想大叫一聲「嘩～」。我沒辦法拿著筆繼續坐在書桌前。還望見諒。真的很感謝您。

四月十一日　平幡安次　謹上

4

平幡安次先生鈞鑒

在上一封信中，一時忘了提到古川先生是如何成為我們的同伴。忍不住寫了太多，反而忘了最要緊的事，看來這是我的缺點，得改掉這個毛病才行。真的很抱歉。

去年十月底早上，我一如平時，在土讚幹線的「土佐一宮」車站下車，朝善樂寺的方向走去。燕共同作業所就位在善樂寺後方。

對了，世人一般都說「四國八十八箇所」，不過平幡先生應該也知道，事實上有八十九座寺院。其實號稱第三十番札所[3]的寺院有兩座。就以我從家父那裡聽來的知識現學現賣吧，以前弘法大師蓋了善樂寺，當作是土佐一宮的別當寺[4]，不久，這座寺院成了第三十番靈場，迎接數百萬、數千萬的巡禮者到

3　札所是巡禮者領取靈符，做為參拜證明的場所。例如三十三所的觀音靈場、八十八所的弘法大師靈場等。

4　管理神社的寺院。

來。但後來因一八七〇年的廢佛毀釋，善樂寺就此決定廢寺，主佛阿彌陀如來、大師像、寺內的寶物，全移往第二十九番的國分寺。但過沒多久，廢佛毀釋運動消退，一八七六年，主佛阿彌陀如來像移往高知市內的安樂寺，這裡就此成為第三十番的暫時札所。但來到一九二九年，原本寄放在國分寺的大師像和寺內寶物，再次移回善樂寺，就此復興。當然了，他們也一再催促安樂寺將主佛阿彌如來歸還，但安樂寺卻不肯歸還，之後似乎引發不少紛爭。最後終於在一九四二年，由相關人士開會討論後，做出決議。

「安樂寺住持須在三年內，將第三十番札所之名歸還善樂寺。屆時以安樂寺做為第三十番札所之內殿。」

也就是說，第三十番札所有兩處，令巡禮者們莫衷一是。四國的靈場必須以弘法大師走過的靈跡為主體，而就這層含意來看，主佛應該歸還善樂寺才對。但這場協議，在終戰的紛亂下，最後仍未履行，至今仍有兩處第三十番札所。有香油錢和其他大筆收入，進了札所口袋。

「安樂寺的住持就是因為這樣，才不想將寺內的財源歸還善樂寺。」

這是家父的意見，總之，四國八十八箇所是錯的，其實是八十九箇所才對。

話說，那天早上，我為了抄近路，而想從善樂寺的境內通過。結果在正殿寫有「弘法」的匾額正下方，我看到有人俯臥在地。我戰戰兢兢地走近查看，發現這位巡禮者……話雖如此，他沒戴斗笠，沒拿金剛杖，也沒穿白衣，就只有脖子上掛著小小的皮匣，是名男子。他往前伸出的手臂，前方有一本髒汙的素描簿。

一陣強風吹來，素描簿翻動，被風吹得嘩啦作響。我撿起來一頁一頁翻看，發現他用鉛筆畫出第一番到第二十九番的各札所正殿。我馬上跑向共同作業所，帶立林先生回到善樂寺境內。然後將那位奇特的巡禮者帶回作業所。不用我說明您也知道，這位巡禮者就是古川俊夫先生。

這麼晚才寫這封信，請見諒。我這不是在替自己解釋，不過，最近燕共同作業所起了不小的紛爭，每天晚上都討論到很晚，別說寫信的時間了，就連睡覺都沒空，忙得不可開交。

紛爭的原因是收入的分配法。過去將近一年的時間裡，我們燕共同作業所的口號都是「一律平等分配」。一個月內賺到的利潤，會在隔月十號，由九名身障者和兩名職員一起平均分配，採用這樣的方式。但不久前，當中的三名輕症者提出「一律平等分配，這樣不公平」的看法。

「我們平均每個月每人的產量是一萬個。但另一方面，也有人一個月連一千個的產量也做不到。這樣會讓人工作起來很沒幹勁。」

這是輕症者他們的主張。說起來，我們燕共同作業所算是一種命運共同體，收入分配這種事，一點都不重要，重要的是結合眾人之力，讓大家都有飯吃。所長立林先生一直都是抱持這樣的想法推動運動，面對輕症者們提出的要求，他似乎有點震驚。最後，重症者們讓步，這件事才勉強落幕。重症者們說：

「我們這些重症者，確實都是依靠輕症者們的努力工作。雖然我們下定決心，不想依靠世人的同情，這才參加這項運動，但事實上，我們都倚賴輕症者的同情。這樣不行。今後請依照工作效率發給薪水。就採績效制沒關係。而且會從收入中各自分擔，來支付立林先生和扶美子小姐的薪水……」

這種方式真的行得通嗎？立林先生和我都沒把握。而古川先生依舊一句話也不說。他就只是默默地聆聽眾人的討論。平幡先生，我模仿您的做法，送古川先生鉛筆和畫紙。但他完全沒畫。最近真的盡是這些令人感到落寞的事。對了，您知道古川先生的戶籍和他之前的經歷嗎？如果一直維持現況，國家理應可以支付他的各項補助，都將無法領取。

五月六日　村野扶美子　謹上

5

村野扶美子小姐鈞鑒

一聽說你們的利潤分配法從「一律平等給付」換成「績效給付」，我隱約感到不安。再說了，如果是採績效給付，四肢健全的所長立林先生和您又會變成怎樣的立場呢？你們兩位連一個洗衣夾也沒做，因此薪水當然是零。對此，身障者們似乎打算從他們各自的收入中提出一部分當兩位的薪水。但這也很奇怪，這樣你們不就像是受雇的辦事員嗎？說起來，我就像是照政府的命令發配**福利**的職員，所以我也沒資格說什麼大話，但我就是覺得不太對勁。

話說，關於古川先生的戶籍和以前的資歷，我也一無所悉。我在寫給綠莊的信上也提到。

1. 他曾經營街頭廣告公司，自己也曾畫過電影院的海報看板。
2. 曾遭遇車禍。
3. 曾在某個機構接受療養。
4. 曾在淺草撿資源回收。

他只告訴過我這四件事。古川俊夫這名字或許也是假名，所以真的是束手無策。不過，若是什麼都不做，那也無濟於事，所以我打算知會各地的警局，看看這幾年內交通事故的加害者和被害者之中，是否有古川俊夫這個名字。就算他講的是本名，這也是項大工程。但不管怎樣，沒試不知道結果會是怎樣。不過話說回來，他為什麼不肯說呢？

五月十一日　平幡安次　謹上

6

平幡安次先生鈞鑒

今天發生了一件意想不到的事。古川先生主動開口說話了。我就盡量保持平靜，詳細交代這件事吧。自從採取績效制後，我們燕共同作業所變得越來越不順利。首先是那些輕症者，他們連午餐時間也不休息，開始很熱中於洗衣夾的製造工作中。當中甚至有人不惜熬夜，只為了能多增加一些業績。之前一天當中最快樂的午餐以及午後一小時的歡聚時刻，現在都不知跑哪兒去了。大家為了提高業績，整天都坐在工作桌前。洗衣夾的產量確實提升了。但是那冷得像冰塊的空氣，也開始支配了整個工作間。

不久，奇怪的事發生了。重症者的產能開始下滑。

「我們沒辦法，反正我們怎麼也贏不過輕症者。」

重症者之間開始產生這種挫敗感。

「不管了，就靠國家給的各種補貼過日子吧。」

重症者們工作不到一個小時，就停止作業，退到客廳的電視機前，過起慵懶的生活。立林先生和我都認為，得趕緊想想辦法才行。但走到這一步，我們兩人都束手無策，只能乾著急。今天中午，我一面說「吃咖哩飯哦。今天的午餐是大家喜歡的咖哩，而且是豬排咖哩哦」，一面走進工作間，這時，一名輕症者說道：

「可以拿到這邊來嗎？我要一邊工作一邊吃。」

「好歹吃飯時放鬆一下嘛。」

我努力改變局面。

「而且好久沒大家一起用餐了。」

「客廳裡的那班人和我們不一樣，我們可是在討生活呢。」

另一名輕症者應道。

「咖哩飯我們就在這兒吃。」

「這樣啊……那就這樣吧。」

我正準備離去時，之前一直很認真製作洗衣夾的古川先生突然大聲喝斥道：

「混帳，討生活的人不是只有你們，大家都在討生活。再說了，不過是洗衣夾罷了，講什麼績效給付。別笑死人了。」

古川先生緊抓著工作桌，全身顫抖，不久，他直接將桌子翻了。輕症者當中行動力最好的人，大喊一聲「你這傢伙……」，準備撲向前揍他。這時古川先生擺好架式，沉聲說了一句「當心我宰了你」。

「我曾經開車撞死人。因為當時那起車禍，才變成現在這個德行，我一直想向那個人道歉，多次想尋死，卻死不成。你來得正好，我就先宰了你，再了斷我自己。」

客廳的重症者們聽聞吵鬧聲，也紛紛往這裡聚集。當時立林先生去顧客那裡交貨，還沒回來，我擔心極了，不知該怎麼做才能平息這場紛亂，偏偏雙腳不聽使喚。

「話說回來，對我們採取績效給付，根本就很奇怪。以我們的情況來說，講產量根本就沒意義。做十個流一滴汗的人，和做一個就流一滴汗的人，一起做同樣的工作。大家搞不懂這麼做的意義是嗎？以我個人的看法，我們攢下的利潤，不該用產量高低來支付，也不該採一律平等的方式支付，而是視需要的程度來分配。領得到政府補貼，家境比較好的人，就拿少一點，而為了生活，需要三萬日圓的人，就向大家說明原因，直接拿三萬去。這樣不就好了嗎？這是唯一的辦法。要由大家一起來守護彼此，這樣我們才有辦法活下去。但你們現在這是怎樣？像小鬼頭一樣，眼神整個變了……而另一群人則是一副輸家的模樣……一群蠢蛋。」

古川先生放聲哭了起來，當場蹲下，眾人就此垂頭喪氣地回到主屋去。

「古川先生，之前大家吵著要不要採取績效給付的方式時，你為什麼不提出這個點子呢？」

我扶起古川先生，向他詢問。這時古川先生回答道：

「我之前酒駕，而且還一面和坐前座的朋友聊天，就這樣撞死一名女子。為了致上我最基本的歉意，我才決定再也不喝酒，不說話。但我現在又說話了……」

古川先生的嘴巴再度緊緊合上，像貝殼一樣緊。所以我最後還是沒能問出古川先生是何時在哪裡造成那起車禍。但可以確定的是，古川先生這次開口，解救了燕共同作業所的危機。我悄悄向第三十番札所說謝謝。如果當初古川先生不是倒臥在善樂寺的話……

五月二十日　村野扶美子　謹上

來自隔壁的聲音

1

悅男

不知要過幾天，這封信才會送達你工作的澳洲西邊沙漠的市鎮。郵局的員工告訴我「如果是空運的話，一個禮拜的時間應該很充裕了。和寄到北海道內地沒多大差別」，但是對從沒出過國的我來說，實在想不出空運一週的距離到底有多遠。你在出發的前一晚也曾這樣說過：

「地球其實遠比妳想像的還要小。要是有什麼事，就打國際電話到調查基地。我大概都是到沙漠或是山裡進行調查，不過，不到半天的時間就能回到基地。因為那邊好像都是開飛機取代開車。這樣的話，只要當天前往西澳的首府伯斯市，隔天就能從雪梨機場坐上飛往羽田機場的噴射機了。也就是說，不管發生什麼事，我三天後就能回到這裡。所以妳什麼也不用擔心。」

不過，要是發生什麼事情時，三天的時間會變得像平常時候的三年一樣，不是嗎？也就是說，有事件發生時，我得等上三天你才會回來，而這三天感覺會像三年一樣漫長。

明明是第一封信，但我寫的全是喪氣話。對不起。只要三個月，你就會結束調查歸來。又不是一輩子都得分隔兩地生活，我決定不再哭喪著臉。不過，你公司裡的上司也真夠壞心的。因為他竟然將才剛結婚不到一個月的新婚夫婦硬生生拆散。哎呀，真糟糕。我又說喪氣話了。

你搭機飛離羽田的隔天，隔壁的獨棟房就有人入住了。好像是來自江戶川區，或是葛飾區，詳情我忘了，只知道是在私營鐵路車站前賣家常菜的一位阿姨買下隔壁的房子。那位阿姨搬家時前來寒暄，說她將車站前一塊約二十坪大的土地高價賣給私營鐵路公司，這才買得起這棟房子。聽說她還攢下三、四百萬的存款。那位阿姨從下禮拜起，就要到小學裡擔任廚房阿姨。

「您有存款，有房子，又有工作。真教人羨慕呢，阿姨。接下來就只要優雅地變老就好。說到這個，像我們家可就辛苦了。沒有存款，房子每個月的房貸還有七年要還……」

我語帶嘆息地說道，阿姨聽了後，突然露出若有所思的神情。

「我有一個女兒，不過她五年前離家出走後，便一直音訊全無。也不知道現在人在何方，在做些什麼。」

聽阿姨說，七年前，她丈夫過世後，就剩她們母女倆相依為命。但五年前，阿姨結交了一位喝茶聊天的好友。對方是車站前一家玩具店的老闆，他很關心阿姨。某天，阿姨和這位玩具店老闆一起去成田山玩，當天往返。但晚上回到家後，女兒卻不在家中，就只留了一封信。信中寫道：

「媽媽是大笨蛋。骯髒。請不要找我。」

阿姨在鎮上四處奔波，蒐集消息後，得知有個人曾半開玩笑地向她女兒問道：「聽說妳媽和玩具店的老闆一起去泡溫泉是吧。」

自己的母親和父親以外的男人一起去泡溫泉。這件事對一位高二女生來說，是很大的衝擊。之後阿姨用盡各種方法找尋女兒的下落。有人說看到她女兒在上野的咖啡廳端咖啡，有人說她在御徒町的酒店裡坐在男客的膝蓋上，也有人說她在千葉市的土耳其浴店裡朝男人背後抹肥皂，各種謠言滿天飛。每次阿姨都會暫停營業，前往探查。但每次都搞錯人。

「要是她已經結婚，那就好，但我覺得這不太可能。因為如果真是這樣，她應該會和我聯絡才對。她一定是在某個地方過著墮落的生活。我已經放棄了。」

說到最後，阿姨以圍裙緊緊按向自己眼眶。

就這樣，我有了聊天的對象。我想，接下來這三個月，我應該能好好看家，不會覺得無聊了，請你放心。說到五月，聽說你那邊已是晚秋對吧。在此為你祈禱，希望你別感冒。寫再多都還是覺得不夠，所以還是就此擱筆吧。我有生以來第一次寫這麼長的一封信。等你回信了。啊，阿姨現在在隔壁的廚房裡唱著那首〈湖畔旅舍〉。她可真開朗。我要是沒有你，連唱歌也提不起勁。你要多保重。

五月二日夜晚　博子

2

悅男

你離開日本已經一週了。從你離開的隔天起，我每天上午不管做什麼事，都會注意屋外的信箱。每次門口有人路過，我就會心想，會不會是郵差先生呢，一顆心撲通撲通直跳。昨天上午十點半，我感覺有人站在門口，接著信箱發出咚的一聲。我心想，是郵差，你寄的信送到了，馬上衝到外頭查看，結果出現在信箱裡的，是書名為《希望全世界人類都能幸福》的小冊子，是某個新興宗教的宣傳手冊。我先是感到失望，接著怒火中燒。我在心中立誓，絕不加入這個新興宗教。而昨天，我一整天都覺得自己一點都不幸福。

不過，今天我很幸福。因為你的明信片今天寄達了。明信片上的伯斯市，是個很漂亮的市鎮。一整排的五層樓建築，每個看起來都古意盎然，壁面斑駁，充滿歷史感……如果能和你手勾著手走在這樣的街道上，不知道有多好。

「今天我平安抵達位於澳洲西端的伯斯市了。我一切安好，請放心。以地圖來看，日本位於它遙遠的上方，花十二小時就能來到這麼遠的地方，所以地球真的很小，這可不是我的口頭禪哦。明天我們就要前往哈默斯利嶺（Hamersley）展開調查了。商社員工進入山中調查，或許會讓人覺得奇怪，不過我的工作就是和專家合作，找尋日本核電廠的核廢料掩埋場。日本計畫日後要向澳洲採購鈾。但日本國土狹小，沒地方可丟棄核廢料。因此，要再次將核廢料運回澳洲，掩埋在山中。這個國家的學生和勞工高聲抗議『澳洲不是日本的垃圾場』。我也認為他們會抗議是理所當然。不過這是我的工作，所以我也沒辦法。若站在全球的立場來看，我應該拒絕這樣的工作，但我還有房子的債務要還……妳要多保重。五月一日。悅男」

你在明信片上寫滿小字的這篇文章，我反覆看了不下二十次，所以都能默背了。看來，你不太喜歡這次的工作呢，不過還是請你好好努力。然後早日結束這項工作返國吧。晚上我自己一個人，總感到既孤單又可怕，都快瘋了。你在出發前對我說「如果妳覺得孤單，就到我老家住吧」。但我實在沒辦法。當初你家人一直堅決反對我們兩人結婚，不管怎樣，我總會想到這件事。而且我又沒父母……看來，我還是只能自己好好加油了。

對了，隔壁阿姨家有好事發生了。她女兒突然回來，而且還帶著丈夫一起。我在廚房時，聽到隔壁傳來的聲音。她女兒好像是到她先前的住處，向左鄰右舍詢問她搬往何處，這才找到這裡。我只有短暫瞄了一眼，她女兒是個大美人。也不知道該怎麼說才好，那是特種行業的女人特有的那種散漫之美。不過話說回來，我說「特種行業的女人特有」，這純粹是個人直覺。她丈夫頂著一顆大平頭，膚色微黑，感覺像是運動選手。

由於隔壁變得很熱鬧，令我更加感到孤單。請你快點回國吧。

五月七日　博子

3

悅男

關於隔壁住戶，感覺有點古怪。白天時，阿姨的女兒出外採買、在廚房忙碌，她丈夫在庭院除草，阿姨則是到小學做供餐的工作。到了傍晚，這位女兒和丈夫到小學去接阿姨，回家後一起用餐，一家和樂。但入夜後，他們便馬上將防雨門關上。接著談起了可怕的內容。你也知道的，我們家廚房和隔壁的客廳，直線距離只有兩公尺。如果他們大聲說話，便會傳到我們這邊。

「存摺給我。」

「妳要做什麼？」

「做什麼是我的自由吧？」

「這怎麼行，那是我的錢。」

「胡說什麼啊，那是爸爸的錢吧。車站前那塊地是爸爸的財產，不是嗎？」

「妳爸爸早死了。我是他妻子，繼承那塊地是天經地義的事。」

「哼。爸爸一死，妳就馬上勾搭別的男人，還好意思說這種話。」

「我才沒勾搭男人呢，我們只是一起去成田山參拜而已。妳要是不明白告訴我，妳拿這筆錢要做什麼，我一文錢也不會給妳。」

「我想和老公出國旅行。我不會叫妳一次把四百萬日圓全部給我，只要給我一半，兩百萬日圓，這樣就夠了。」

「開什麼玩笑。如果是要當作生意的資金，暫時向我借用，那還有話說，但妳是要拿錢去玩樂，我怎麼可能給妳。」

「小氣鬼，瞧妳那貪心的樣子。」

「妳自己才是呢，未免也太自私了吧。」

今晚她們互相大聲叫嚷，談的全是這種事。聽不到女兒丈夫的聲音。大概是在別的房間邊看電視邊喝啤酒吧。雖然隔壁的事和我無關，但我實在不想聽別人互相咆哮。心臟跳得好急。

明天早上，我就來調查一下隔壁拿出的啤酒空瓶有幾個吧。他們習慣將空瓶擺在後門外。那女兒丈夫今晚肯定喝了四、五瓶啤酒。只要數空瓶數，就能證明我的推測沒錯。除此之外，就沒什麼特別的事了。你自己多保重。

五月九日　博子

追記

我的推測果然沒錯。隔壁的後門擺了五個啤酒空瓶。這樣就證明昨晚她們母女吵架時，女兒的丈夫在別的房間喝啤酒。

4

悅男

隔壁即將發生不幸的事件。因為前天和昨天，我都沒看到阿姨露面。今天上午，我在庭院晾衣服時，見她女兒從屋內走出，於是我問她：

「最近都沒看到阿姨人呢。她怎麼了嗎？」

女兒回答道：

「因為她現在開始當小學的廚房阿姨，還不習慣，比較容易累。所以我要她在家裡靜養兩、三天。」

其實她說謊，這根本是天大的謊言。因為入夜後，也就是剛才，我聽到隔壁傳來這樣的聲音。

「媽，既然妳堅持不肯拿錢出來，那我也做好覺悟了。」

「妳、妳這是幹嘛。拿繩子出來做什麼？」

「我要把妳綁在壁龕的柱子上，直到妳肯拿錢出來為止。」

接著發出碰的一聲巨響。隔沒多久，傳來阿姨的啜泣聲……

現在總算沒再傳出阿姨的哭聲了，所以我才開始寫這封信給你，不過，寫著寫著，那莫名的恐懼又開始將我淹沒，我渾身顫抖。要是這對夫婦發現，他們兩人合力虐待母親，加以恐嚇威脅的事，我已經知情，我不知道會怎樣。也許我也會和阿姨一樣，被他們綁在柱子上……我不要這樣。老公，你快回來吧。

五月十二日　博子

5

悅男

昨晚我在廚房的餐桌前坐了一整晚，直到天亮。我在整理廚房時，從隔壁傳來阿姨「呀～」的尖叫聲，我馬上就此無法動彈。因為我覺得我只要一動，那對夫婦就會朝我身後追過來。於是我背倚著牆壁，整晚都待在廚房。

接著我心想，為什麼阿姨會發出那樣的尖叫聲。因為他們用了長針和菸頭的火。女兒將阿姨綁在柱子上，用長針刺她的手，接著換她丈夫拿菸頭燙阿姨。一整晚都展開這樣的拷問。當真是地獄。

「好痛啊，不要用針刺我。」

「好燙啊，菸頭好燙啊。」

阿姨每三十分鐘就會大叫一次。但可能是身體承受不了，每叫一次，聲音就變得更微弱一分，而中間不時傳來她女兒壓低聲音說道：

「想要我住手的話，就把存摺交出來。」

就算用手摀住耳朵也沒用。雖然聽不見女兒的聲音，但阿姨那宛如啜泣般的細微悲鳴，還是會透過我摀住耳朵的手，刺進我腦中。

老公，我該怎麼辦才好？走出這處住宅地，前往公車站牌的路上，有一個派出所，但我應該讓派出所裡的員警知道隔壁家發生的事嗎？還是阿姨的悲鳴聲，我應該裝沒聽到？要是有你在我身邊，我應該就不會這麼惶恐不安了，像這種時候，我就能和你商量，看該怎麼做才好。不過，你不在我身旁。我只能摀住耳朵顫抖。求求你，快回來吧。

五月十三日早上　博子

6

悅男

昨天傍晚，我正在熱味噌湯時，有人敲後院的門。我一打開門，阿姨便整個人倒向屋裡。她硬是把存摺塞進我圍裙口袋裡，喘息不止地說道：

「太太，請暫時幫我保管這個。千萬別跟我女兒女婿說妳代為保管存摺的事哦。請幫我保密。」

她一頭蓬鬆亂髮，手臂上滿是瘀青，手背上有四、五個燙傷的水泡，每根手指的指尖都腫得像烏魚子一樣。

「妳存活儲是損失。」

我以閒話家常的口吻說道。我心想，這時候若無其事地和阿姨應答，她的心情也會比較輕鬆吧。

「改為定存比較有賺頭。」

「改天我再去郵局更改。我女兒女婿也快回來了，要是被他們發現可就麻煩了。那麼太太，就拜託妳了。啊，還有，我被女兒女婿打罵的事，請別傳出去。把女兒養成這樣的人，是我的錯，我甘願受罰。這件事要是讓警察知道，他們夫妻倆會因為非法監禁罪或傷害罪而入監服刑。這樣的話，我女兒也太可憐了。」

「可、可是阿姨，要是放任他們不管，妳會被他們殺了。」

「再過不久，他們就會清醒的。而且，她是我的親女兒，她不會殺我的。」

阿姨步履蹣跚的走回家。就這樣，我代為保管阿姨的存摺，請不要責怪我。自己要多保重。

五月十四日早上　博子

7

悅男

我偷偷保管阿姨存摺的事，似乎被看穿了。隔壁阿姨的女婿，躺在他家庭院一面看週刊雜誌，一面偷瞄我們家。他一定是在監視我。接下來我打算到郵局寄這封信，但他大概會在後面跟蹤我。好可怕。今晚或許他會闖進我們家中。老公。我該怎麼辦才好？拜託你，快點教我怎麼做才好。

五月十四日下午　博子

8

水戶悅男先生台鑒

請恕我冒昧聯絡。

我是市川市關場醫院的精神科醫師，昨晚您的夫人水戶博子女士到我們關場醫院就診住院。夫人胸前緊緊抱著傳閱板，並堅稱道：

「這是隔壁阿姨託我保管的存摺，我不能交給任何人。」

帶夫人到醫院來的是隔壁住戶太田常子女士（她是您出發到澳洲後才搬來的，所以您可能不知道她），她說：

「我當然沒託她保管存摺，太太這幾天模樣有點古怪。對了，打從我女兒女婿回來的那天晚上起，我跟她打招呼，她都不理我，而且只要一有空，她就會打開自家廚房的窗戶，靜靜觀察我們家的情況。」

據夫人所言，太田女士的女兒女婿覬覦她的存款，還對她說「快交出存摺來，如果不交出，就有妳好受的」，用長針刺她指尖，用菸頭燙她手背，用盡各種殘暴的手段，但我從太田女士那裡聽說的卻不是這樣。非但如此，太田女士還說，她和女兒女婿相處融洽，總是笑聲不斷。她女兒女婿回來後，她很開心，同時也鬆了口氣，這幾天似乎都休息在家。不過，看在夫人眼中，卻覺得「阿姨被女兒女婿關在家中」。當然了，我很遺憾，這是夫人自己的妄想。

我很輕易便得知您的地址。因為夫人一直不厭其煩的要我叫您趕快回來，還說您的地址是澳洲西澳的伯斯市……夫人目前一概不回答其他問題。我從太田女士那裡得知：

「她好像新婚沒多久，丈夫便收到長期出差的命令。這位太太總向我發牢騷，說那家公司很沒人情味。」

我猜，這次會發生這樣的狀況，原因之一似乎就出在您的臨時出差。不過，我還想對夫人有更多的了解。否則無法擬定治療方法。怎樣的訊息都好，如果您知道些什麼，請告訴我。

另外，也請一併告知夫人及您父母的住址和姓名。關於夫人的病情，雖然不算輕微，但也不算多嚴重。您不必太擔心。不過，方便的話，還是希望您能暫時回國一趟。這對夫人來說，可能才是最好的治療方法。期待您的回信。

五月十五日　平塚傳三郎　謹啟

9

平塚傳三郎先生台鑒

謝謝您的來信。

而且這次您幫了我很大的忙，不知該怎麼向您感謝才好。我打算回國時，從羽田機場直奔醫院與您見面，當面向您道謝，真的太勞煩您了。

內人寫的信，我一封不留，全部一併附上供您參考，您看過之後應該就會明白，從第三封開始，她就變得不太正常。沒寫自己的事，也沒問我的情況，就只是一味地寫隔壁住戶的事。就像太田女士說的，從她女兒女婿回來後，內人的心裡似乎就起了一些變化。

在收到醫生您寄來的信後，我同時也打國際電話給東京的總公司，請求暫時回國一趟。這個請求大概是不會獲准吧（因為我們這家公司，就算內人死了，似乎也不會允許我回國），不過，公司福利部門的人應該會去醫院探望。此外，公司可能也會和我父母聯絡，所以家母應該會去一趟。至於我在這裡從事怎樣的工作，我和內人是怎樣的人，就請您向公司的人或是家母詢問吧，在此先寫下一、兩件我想到的事。

內人是個私生女。她的母親（在我們認識的一年前就已過世，我只看過照片）從她父親那裡得到一筆分手費，以此開了一家小料理店，母女兩人就在店裡的二樓勉強度日。她母親似乎陸續有了其他男人，可能是因為這個緣故，內人不太想提及當初和母親同住時的過往。不過，我覺得這當中暗藏了解開這次事件的關鍵。據內人在信中所言，外頭有傳聞，說太田女士與玩具店的老闆有不倫的關係，不過內人的母親以前也一直都有這樣的傳聞流出。內人與太田女士說的話，該不會就是內人與自己母親說過的話吧，這是我外行人的想法，僅供參考。

母親過世後，內人搬進公寓居住，到我們公司的員工餐廳工作，擔任女服務生。我對她一見鍾情，交往一年左右，便於今年三月底結婚。由於我父母極力反對，我們沒舉辦正式的婚禮。當然了，入籍及其他手續皆已辦妥。

我想，我突然長期出差，對內人造成很大的影響。以上我試著把想到的事全寫了下來。內人就有勞您多多關照了。請大力幫忙。

五月二十四日　水戶悅男　謹啟

10

水戶悅男先生台鑒

您寄來的信，提供我很好的參考。起初我懷疑夫人是罹患了某種恐懼症。成人的恐懼症，往往只要能想起小時候經歷過的強烈恐懼體驗，就能治癒，所以我將著眼點放在您信中的一段描述。

「……以此開了一家小料理店，母女兩人就在店裡的二樓勉強度日。她母親似乎陸續有了其他男人，可能是因為這個緣故，內人不太想提及當初和母親同住時的過往。」

我用不同的方式向夫人詢問這方面的事。接著夫人斷斷續續告訴我一些事，我將它歸納如下：

「平均一個月會有三、四次，客人會在二樓住下。每次家母都會叫我睡在壁櫥裡，我都乖乖照做。但這種夜晚，我一定睡不著，就此豎耳聆聽隔門外的動靜。然後一定會傳來家母的**悲鳴聲**。每次我都覺得很可怕，像石頭一樣全身僵硬。現在我懂那個**悲鳴聲**是怎麼回事了，但當時我一直以為是客人在虐待家母。**悲鳴**結束後，家母一定都會露出別有含意的笑容。這時，我覺得自己被家母背叛了，我一直都孤零零一人，有種難以言喻的孤寂感。」

就像您在信中所寫的，太田女士的出現，讓夫人想起自己的母親。而就像夫人小時候一樣，她開始豎耳聆聽壁櫥外的聲音，也就是隔壁傳來的聲音。同時滿心以為太田女士遭到女兒女婿的虐待，想以此懲罰自己昔日的母親。

這應該就是這次事情的真相。既然夫人已親口說出過去塵封心底的兒時恐懼體驗，她的病情可能就不會進一步惡化，不過我又想到另一件奇怪的事。

夫人該不會是患有嚴重的幽閉恐懼症吧？

您一直掛嘴邊對她說「地球很小」。而且您對於現在這個找尋核廢料掩埋場的工作充滿批判，夫人會不會將前面這兩個要素串聯在一起，而產生「小小的地球，要是堆滿核廢料，將會變得更小。我討厭狹小的地方，要是地球變得像**壁櫥**一樣小，那多傷腦筋啊」這樣的念頭呢？

不，這是您這位深愛她的丈夫所提出的意見，所以她可能對此深信不疑。幽閉恐懼症和懼高症，本質是一樣的，熟悉的場所少了支持自己的人，覺得自己孤單一人，孤立無援，這時候就會產生這種強迫症。夫人可能是因為您的口頭禪，以及您對工作的態度，而認為這個地球，這個人類熟悉的環境，將不再像過去那樣，她對此感到恐懼，把地球看成了**壁櫥**吧。

如果我的解釋沒錯的話，夫人正是先天性的恐懼症患者。倘若是這種情況，她便很不容易痊癒……

不管怎樣，誠心期盼您能早日歸國。

五月三十日　平塚傳三郎　謹啟

鑰匙

1

鹿見貴子台鑒

鞍馬山中每天陰雨綿綿，而且遠比想像中來得冷。明明都已經五月底了，但外出寫生時，如果裡面不多穿幾件內衣，似乎就會感冒。所以我有件事想拜託妳，可以幫我寄兩套駱駝毛內衣到這裡的郵局嗎？如果妳能寄快遞的話，那就太感謝了。不過話說回來，妳寄包裹來的時候，可能是七月初的事了，到時候天氣已經好轉，也會變得比較暖和，不，何止暖和，可能還會很炎熱。不過，到時候再看著辦吧。總之，還是請妳盡快幫我安排。

附帶簡單提一下我在這座鞍馬山中每天的例行功課吧。妳也知道的，我已經五十六歲，已算年過半百，早上都很早起。五點就下床。宿舍是一座窮寺院的別房，這座別房有四、五個房間，每個房間都約有十五、六張榻榻米大。走廊的盡頭設有一間小小的廚房，我醒來後，就會在這間廚房燒開水、泡茶，吃四、五片餅乾。

這座窮寺院的收入，一半以上來自別房的出租費。正確來說，這裡是位於鞍馬山和棧敷岳之間一處名叫「芹生」的村落，海拔應該有六、七百公尺高。

因為這個緣故，夏天天氣涼爽。市公所或學校的研習、研究會，都會在這裡舉辦，順便充當避暑地。夏季這段時間的房屋出租費，能維持現在到隔年夏天這一整年的寺內生計。

吃完早餐後，我會抱著素描簿離開寺院。然後視當天的心情而定，時而西行，時而往東，有時也會往北走過樵夫走的小徑。往返都靠徒步，有益健康。自從在這裡住下後，這十天來我幾乎每天都往西南方走，前往周山幹道，畫下北山杉。但最近我常前往北邊的花背嶺。回想我過去的工作，幾乎都是人物畫，尤其是美人畫。拜此美人畫之賜，我才會認識妳，所以我要是說美人畫我已經畫膩了，那可是會遭天譴的，不過，接下來這五年，我想畫山林。但如果只是畫山林之美，那也著實無趣。以前我們的祖先將崇高的山嶺和外形奇特的高山奉為神明，而滋潤農田的灌溉水和飲用水、充當房子建材的樹木、煮飯用的薪材、做為食材的山菜、果實、鳥獸、溪谷裡的魚，人們認為這全是山林所賜，因而祭拜山林。此外，人們也認為掌控天候的是山林。雲霧如果籠罩山林，很快便會在人們頭頂降下大雨。人們視山上融雪的情況，以及山壁殘雪的形狀，而決定何時插秧，引水入田。或是觀察山林樹葉的顏色轉變、散落的情況，而決定何時醃製醬菜、貯備薪柴，以準備過冬。山林是神明，同時也是準確的天氣預報官，是曆官。

還有呢。山林不光是神明的居所，也是妖怪匯聚的可怕場所。因為我是個耳不能聽、口不能言的聾啞人，所以只能憑想像來感受這樣的可怕，不過，明明沒風，樹枝卻搖曳得沙沙作響、樹葉發出窣窸聲，陡然飄落、明明沒人，卻響起許多人的笑聲、突然背後傳來有人快步奔過的腳步聲，每次遇到這樣的情形，人們對山林不知道會有畏懼。

山是神明，是妖怪的棲息地，是養育人們的母親，同時也是人們生活的節奏，我想用手中的筆牢牢的捕捉它。我覺得花背嶺對這樣的我來說，是絕無僅有的模特兒。所以我才每天到花背嶺報到。

午餐在花山莊享用，這是花背嶺山中唯一一棟屋舍，同時也是旅館。午餐後小睡一個小時，之後請他們幫我做充當晚餐的握飯糰，就此返回芹生。回到寺院後，我會先泡個澡，然後以握飯糰附的醬菜當下酒菜，一邊喝著小酒，一邊思考怎麼作畫，然後就此入睡……

這就是我每天的例行功課。車子不會駛進我所走的山路，所以就算聽不見，也不會有危險。請妳放心。

對了，書庫的增建工程已經完工了吧？施工時搗毀了圍牆，應該很危險吧。

而家中除了妳之外，還有幫傭的園子和和子，一共三人。請梅野留在家中過夜吧。梅野和我一樣是聾啞人士，不過他直覺敏銳，是個善良的青年，而且他有過人的才能，希望妳能好好珍惜他。那麼，駱駝毛內衣就麻煩妳了。我打算在七月二十日之前返回東京。

五月二十九日夜晚　鹿見木堂

2

木堂

你說接下會暫時與山林為伍，我看了心裡很高興。因為每次看到女性模特兒和你一起並肩走進工作室，我都覺得像是有人徒手一把握住我的心臟（感覺很不舒服。簡單來說，這是嫉妒的情感），而這次終於不會有這種感覺了。我在和你結婚前，也常有機會在畫家面前擺ＰＯＳＥ。在和你結婚前的那一年裡，這樣的機會相當多，對了，我一共當過八位畫家的模特兒。所以當時我只覺得很納悶，為什麼日本畫的畫家這麼喜歡新橋藝妓？因為這個緣故，我也對畫家的工作情況略知一二。你們全都是正經人。當中當然也有人會說一些很露骨的話。不過，即便是這樣的畫家，一旦手執畫筆，就會變了個人，眼睛看的是我的全身。而你尤為認真，就像聖人一樣。一開始你在紙上寫「請擺出這樣的姿勢」，而我就照你的吩咐擺姿勢。過了兩、三個小時後，你朝我揮手行禮。就只是這樣。所以我對你的模特兒產生嫉妒心，根本就是白費力氣，跟自己過不去，但我還是認為……

「我丈夫是男人，模特兒是女人，男人和女人之間常會發生難以置信的事。雖然覺得不可能，但沒人可以保證，這樣的**不可能**絕對不會發生……」

畫家是怎麼想，我不清楚。就我個人當模特兒的經驗來說，不時會產生一種奇妙的感受。當畫家對我說「請看我這邊」時，我會望向畫家的眼睛。而畫家也望著我……漸漸的，我們的視線會交纏在一起，感覺彷彿自開天闢地以來，我們便一直這樣望著彼此，其他世界全部消失，男人只有畫家一位，而女人只有我一個，這種悲戚中又帶點甜美的感覺充塞我心中。我向一起工作的姊姊們說到這件事，她們全都向我嚷道：

「太危險，太危險了。那位畫家是想用眼神侵犯妳。」

甚至有位姊姊告訴我：

「妳要天真到什麼時候啊。男人和女人同床共枕，日文稱之為『まぐわい』，『ま』是指『眼睛』，而『ぐわい』是指『互食』。所以四目對望，就如同是在做**那件事**。」

所以從那之後，我都盡可能避開那位畫家的視線。不過，你和模特兒之間未必不會發生這樣的事，我很擔心。

因此，當你說要「與山林為伍」時，我心裡鬆了口氣。不過，如果是為了素描，而長期待在山中，你這句「與山林為伍」反而令我心生怨恨。這樣我根本就和寡婦無異。請你早日回來吧。

書庫的增建工程，大致的骨架已經完成。因為是採用西德的組合屋，所以只要再兩週應該就能完工吧。就像您寫的，施工期間不太安全，所以都請住山先生在此住下。雖然原本也想請梅野先生住下，但園子和小和**不太喜歡他**。因為他個性比較陰沉，這點不太討喜。而且梅野先生又聾又啞，萬一有事發生，也沒辦法完全信任他。抱歉。但這是園子她們的意見。我來這裡才一年多，與園子和小和她們相比，還算是新人，所以還是都聽從她們的意見。

兩套駱駝毛內衣，我已用快遞寄去。大概會和這封信差不多時間寄達。

對了，有件重要的事忘了說。今天美國大使館通知我們，去年你畫的《沐浴的女人們》，美國政府已決定買下。恭喜你。

那麼，請你自己要多多保重身體。

六月一日晚上　貴子

3

貴子

今天收到駝駱毛內衣了，謝謝。不過，內衣送達後，天氣便突然變得暖和起來，還真是諷刺。對了，留住山在家過夜，我實在不贊成。的確，他待人的身段是很柔軟、圓滑，但有一點就是讓我信不過他。也不知道是該說他不夠認真投入，還是覺悟不夠深，不知道他會倒向哪一邊，教人感到不安。就算一輩子都不會有結果也無妨，我也要堅持畫下去，他根本就沒有這樣的決心。我對住山抱持這樣的擔憂。就算輪替一天也無妨，請讓梅野也在我們家過夜吧。

對了，妳對我長時間不在家好像有所不滿，但這樣我可傷腦筋了。我這絕不是看輕妳，但我這個人，一是繪畫，二是繪畫，除了繪畫再也沒其他，這是我的生活方式。今後我應該會走遍全國的各座山林，但不管什麼時候，都絕不能說寂寞。

六月四日　木堂

4

木堂

在上一封信中，忍不住寫了喪氣話，我已深切反省。我真的很糟糕。當初你為我贖身時，確實曾寫過這麼一封信給我。

「既然我肯替妳贖身，那我當然喜歡妳。不過坦白說，比起愛情，我其實另有打算。過去我都是孤家寡人，但步入老年後，我漸漸對未來感到不安。如果生病，需要有人照顧，走路時也需要枴杖，所以我想請妳擔任照顧者和枴杖的角色，妳願意嗎？我可能無法扮演好丈夫的角色。如果這樣妳還是願意的話，就到我家來吧。」

我心想，只要我們一起同住，久而久之，彼此就會湧現夫妻的情感，因而接受了你的提議。但你真的很「不簡單」。因為你和一年前一點都沒變，倒是我有點累了。還是別再寫這種喪氣話了，因為再寫下去只會挨罵。

關於梅野先生，我會照你的話去做。從明天晚上起，我會請他和住山先生輪流到家裡過夜。

此外，住山先生向我提議道：

「我要參加秋天的繪畫展，您可以當我的模特兒嗎？」他說，就選我在起居室發呆的時候就行了，希望能給他兩、三天的時間素描。等畫好後，標題會取名為《S大師的夫人畫像》。當時梅野先生剛好在一旁，所以住山先生用紙筆和他討論。梅野先生看了之後，大發雷霆道「老師不在的時候，你以師母當模特兒來作畫，這樣稱不上光明正大」，就此和住山先生扭打起來。不過，因為他們是為了園子和小和才住進家中，所以他們很快便平息爭吵。

還有一件事，三越百貨說，他們想安排你的畫展。該怎麼答覆他們呢？還有，書庫已即將完工。全都是採組合屋工法，速度快得驚人。明天書畫和書籍就會搬進書庫了。

眼看梅雨季就快開始了。請多多保重身體。

六月八日　貴子

5

貴子

我有件事要拜託妳。請不要翻出老舊的文件，寫一些語帶諷刺的文章，或是說夫妻之間的感情如何如何。雖然這種時候我都一笑置之，說妳又歇斯底里了，自以為這事就這麼忘了，但它似乎還是會沉澱在我心底，在意想不到的時候想起，平靜的心就此被擾亂。要是在素描時想起，則一整天都無法專心投入工作中。還有，關於三越百貨的事，西武美術館已先向我邀約了。西武美術館的畫展預定在明年秋天舉行，我目前準備中的山中畫，會展出十件左右，另外還打算展出數十張山林的素描，至於三越百貨那邊，要在這之後才能著手進行。所以現在就算急著回覆也沒用。妳就跟他們說，等我回東京後，會再通知他們，到時候再來討論。

住山好像提議說要請妳當模特兒，這很像是那個男人會做的事。也就是說，他就像我先前寫的，是個很圓滑的人。這事就由妳自己看著辦吧。不過我可以斷言，他絕對畫不出什麼像樣的作品。

六月十二日　木堂

6

木堂

老公，發生了一件可怕的事。當這封信寄到你手中的時候，我想你可能也已從報上得知事件的梗概，不過，我還是盡可能在此準確地寫出事件的始末。

今天是六月十四日凌晨，正確時間是凌晨三點半，有小偷潛入家中，將你花了半輩子的時間蒐集來的大觀[5]、靫彥[6]、古徑[7]、青邨[8]、御舟[9]、溪仙[10]等人的畫作共數十幅，全被偷走了。不僅如此。住在家中提防的梅野先生，也遭小偷勒頸殺害。

事件發生時，我在一樓的和室睡覺。當時有人手放在我胸前用力地搖我，一再叫喚「夫人、夫人……」，我就此醒來，發現園子和小和坐在一旁，渾身發抖。我問她們怎麼了，兩人指著書庫的方向說：

「書庫亮著燈，而且門敞開著。情況不太對勁。而且沒看到梅野先生，很奇怪。」

於是我從窗簾縫隙窺望書庫的情況，果真如她們兩人所言，房門敞開，而且燈亮著沒關。雖然覺得可怕，但我好歹也是家中的主婦，於是我鼓起所有勇氣，帶著她們兩人前往書庫。

梅野先生就倒在入口處。書庫內就像有人將垃圾桶裡的東西撒了一地般，無比散亂。我們嚇得腿軟，緊緊抱住彼此。過了一會兒才爬著回到主屋，打電話報警。

接下來我們三人一直蒙著棉被，渾身發抖。

聽警方說，小偷是以細繩勒住梅野先生的脖子。接著從樹籬旁的水溝裡找到四張揉成一團，KOKUYO[11]製的便條紙。這四張便條紙裡的兩張，上頭以梅野先生的字跡寫著：

①請看。我是位聾啞人士。聽不見，也不會說話。

②儲藏室隔壁是廚房。廚房的冰箱上有鑰匙收納架，上面架了好幾把鑰匙。

鑰匙上着有名牌，所以一看就知道。另外兩張則是小偷寫的。

5 橫山大觀，明治到昭和年間的日本畫家。
6 安田靫彥，大正到昭和年間的日本畫家。
7 小林古徑，大正到昭和時期的日本畫家。
8 前田青邨，明治到昭和時期的日本畫家。
9 速水御舟，大正到昭和時期的日本畫家。
10 富田溪仙，明治到昭和時期的日本畫家。
11 有百年歷史的一家日本文具公司。

③別動。書庫的鑰匙在哪兒？

④那你跟我一起走。

照這樣看來，順序是①③②④。我一併將刑警的推論也寫在這裡，供你參考吧。

「首先，小偷是從樹籬的破損處入侵，直接前往書庫。但書庫的門上鎖，而且窗戶很小，只是採光用，無法從窗戶進入。而且窗戶又位於高處，更加不可能。於是小偷將玄關旁那間三張榻榻米大的房間內的窗戶撬開，進入屋內，將剛好在裡頭睡覺的梅野先生勒住，以①③②④的順序與他筆談，然後一起進入廚房，取得鑰匙。接下來小偷帶著梅野先生回到書庫，以鑰匙開門，開始挑選畫作。梅野先生看準機會逃向外頭。小偷向前抓住他，以細繩勒住他脖子……」

老公，當初真不該叫梅野先生在家裡過夜的。因為如果是住山先生的話，小偷在撬開房間窗戶時，他應該會因為聽到聲響而察覺有異。

現在是早上八點。我請住山先生過來，而且太陽也出來了，目前暫時還可以應付。但要是黑夜再度降臨的話……你聽不見，沒辦法講電話。我甚至想，乾脆我也到京都的深山去好了，但在我出發前，你卻說「要是妳收到死訊，妳可以來。不過，除此之外，不管任何理由，都別來找我」。

現在都二十世紀了，我卻還是只能倚賴書信往返，世上竟然有這麼令人焦急的事。等你收到這封信後，請馬上回東京吧。拜託你了。

六月十四日 貴子

7

木堂

事件發生至今，已過了兩天。我之前寫的信，應該已寄到你手中。你看完我的信後，現在可能已準備返回東京。如果是這樣，我寫這封信可就白費力氣了，不過，想到你也可能不回東京，所以我還是描述一下後續的情況。

老公，案情朝意想不到的方向發展。今天早上，住山先生因為有殺害梅野先生的嫌疑，而被帶往四谷警局。刑警們從園子和小和口中得知，之前梅野先生和住山先生曾扭打在一起，還有你對梅野先生的才能給予很高的評價，因此住山先生很嫉妒梅野先生，刑警似乎從那之後就一直緊盯著住山先生。而昨晚，他們看準住山先生到我們家過夜，沒待在自己家中的機會，潛入他的公寓。你猜刑警們在住山先生的公寓裡發現了什麼？竟然從閣樓裡找出你珍藏的一幅大觀的水墨畫。

刑警向我說明道：

「比起住山，木堂大師更欣賞他的同門師兄弟梅野。這令住山感到絕望。他想就此放棄畫畫，離開木堂大師門下。但在那之前，他想先偷走大師珍藏的名畫，充當零花。把畫轉賣後賺來的錢，應該足夠開一間小酒館。住山心裡應該是這麼想。他應該還有其他同夥，和他的同伴一起朝頭部套上絲襪，潛入屋內。但在重要時刻，被梅野看出他的身分，再加上過去的懷恨，而就此勒住梅野的脖子……目前我們是這樣研判。」

「那麼，那四張便條紙又是怎麼回事？」

我問刑警。

「如果對象是住山先生的話，梅野先生應該不會寫『我是位聾啞人士……』這句話才對。而且……」

「夫人，住山始終都只負責引導，不想公然現身。」

「而且住山先生應該也知道鑰匙在哪兒才對……」

「住山需要做這個步驟。如果他從廚房拿出鑰匙，直接就打開書庫，那他馬上就會引來懷疑。他就是想到這點。不過，想必再過不久，住山就會坦白招認了。到時候我再詳細向您說明。」

目前我所知道的就這樣。還有，今天早上，梅野先生的母親前來致意。她從高知前來領回遺體。

媒體一再前來採訪，我已經快要招架不住了。請你快回來吧。算我求你了。

六月十六日正午　貴子

8

木堂

你太過分了。你這個人真是殘忍。連一絲絲人的情感也沒有。事件發生至今都快五天了，你卻連一封信也沒捎回，這是什麼意思？梅野先生過世，住山先生被帶往拘留所，我害怕得要命，晚上連覺都睡不好。但你卻依舊不肯合上你的素描本。對你來說，素描比梅野先生的命、住山先生的往後人生，還有我，都來得重要嗎？

園子和小和也很害怕，所以從今晚起，我想請常在我們家中進出的布莊經理在家裡過夜，不過，還是請你快點回東京吧。再這樣下去，我就非得做出某個決定不可了。

六月十九日　貴子

9

（舊姓）權藤貴子鈞鑒

貴子，看到妳六月十四日寫的信，我心中的驚訝、悲傷，以及對命運女神的憤怒，希望妳感受得到。我從十六日（收到妳十四日寫的那封信的日子）到今天，一直都足不出戶，滿腦子想的都是梅野的事。

對了，剛才我看著妳那信中四張便條紙裡的文句，腦中突然靈光一閃，一切全部明白了。

貴子，我就簡短地告訴妳吧。這四張筆談的便條紙當中，號稱是梅野所寫的①和②，顯然是偽造的。梅野不會寫這種內容。不，**他不可能會這樣寫**。為什麼呢？我希望妳回想便條紙②裡的文句。

「……上面**架**了好幾把鑰匙。鑰匙上**着**有名牌，所以一看就知道。」

特別強調的兩個漢字，在這裡是可以查明這起不祥案件真相的關鍵。也就是說，梅野和我，不，應該說所有聾啞人士，都是以形狀來記憶文字。因為我們耳朵聽不見，所以無法用聲音來記憶。因此，我們不會像一般人一樣，將「掛かっている」寫成「架かっている」，把「付いています」寫成「着いています」。說得更明白一點，對聾啞人士來說，「同音異字」不存在。因為我們都是以「架ける……跨越兩個物體間的動作」、「着ける……①使其前往目的地。②讓身體穿戴。」這樣的方式來嚴格地記憶文字。

照這樣看來，這裡的①和②的便條紙，是某個聽力正常的人模仿梅野的筆跡所寫的偽造品，那麼，這個某人（＝真正的犯人）為什麼得使這種小手段呢？答案只有一個。真正的犯人是我們裡頭的人。他（或是她）為了隱瞞此事，讓人以為犯人是外面的人，所以才將假的筆談便條紙丟在犯案現場附近。①寫有「請看。我是位聾啞人士……」的便條紙，一定會讓人選擇相信「犯人是外面的人」這個說法。這就是真正的犯人所要的。

那麼，如果真正的犯人是我們裡頭的人，那有嫌疑的人就是住山，還有貴子妳。不過，住山沒有敢動手殺人的「膽量」。從他家閣樓裡搜出大觀的水墨畫，這也無法構成證據。真正的犯人知道住山有嫌疑，為了加深住山的嫌疑，而悄悄潛入他的公寓，這是很有可能的事。
貴子。我就坦白說吧。妳已下定決心要離開我。丈夫把工作看得比妳還重要，妳一定很失望。而且妳在外頭另有男人對吧（我覺得布莊的經理很可疑），不過，要是妳自己開口說要離婚，就無法拿到龐大的贍養費。所以妳決定自導自演這麼一齣強盜劇。不過，此舉引來梅野的懷疑……
這件事妳應該比誰都還要清楚，所以我就不多說了。貴子，再見了。我打算同時也給四谷警局寄信。

六月二十二日　鹿見木堂

10

木堂

謝謝你的來信。
今天四谷警局的刑警前來，出示你寫的信，並對我說：
「您府上是不是發生了什麼案件？是這樣的，木堂大師寄了一封信到我們警局。」

於是我向警方解釋。

「我先生在芹生的一座寺院投宿，寺裡的住持打電話跟我說『木堂大師一旦專心投注在工作上，感覺一點都不像正常人。要是放著不管，一定會生病的』。我先生不是個會接納別人意見的人。我和梅野先生、住山先生討論後，安排了這場虛構的殺人案件。不過，單方面瞞著不說也不好，日後穿幫時，肯定會被狠狠訓一頓，所以我們先保留了一把鑰匙，證明這是一起虛構的案件。如果將筆談便條紙①②③④的開頭第一個字橫著念的話……

①**みてください**……

②**なんどの隣**……

③**うごくんじゃない**……

④**それでは一緒に**……

喏，這樣就成了『みなウソ（全是騙人的）』，對吧。」

刑警笑得人仰馬翻，接著轉為正經的神情，一再搖頭說道：

「這樣還是不肯下山，不愧是木堂大師。不簡單。」

我、梅野先生、住山先生，也都和刑警抱持同樣的意見。你真的很誇張。不過還是拜託你，回東京一趟吧。算我求你好不好。大家都很擔心你呢。

六月二十四日　鹿見貴子

追記

這次的虛構殺人案件，最吃虧的人就屬住山先生了。被你貶得一文不值……改天請好好安慰他幾句。

11

各位

你們又來打擾我工作了。為了好好訓斥你們，下星期二早上我會下山。作好心理準備吧。

六月二十七日　木堂

桃子

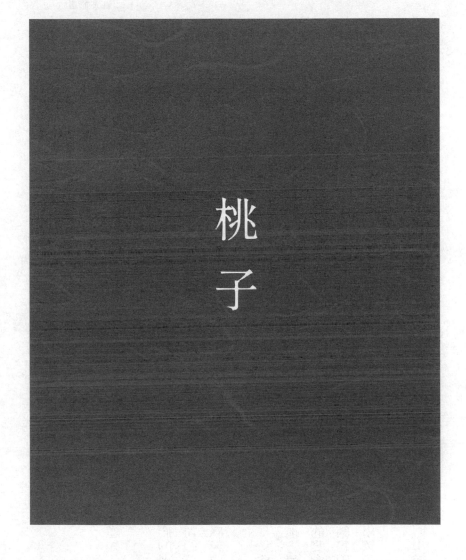

1

白百合天使園園長尊鑒

請容前略。我是「Charité 沙龍[12]」的代表，有個好消息要通知「白百合天使園」的各位，因而急忙提筆寫信給您。

我們「Charité 沙龍」是由 S 市的醫生夫人、當地知名老店的老闆娘、本市國立大學教授、副教授夫人、總公司設在東京的知名一流公司的分店長或外地辦事處處長的夫人、地方文化人的夫人等五十多人，於今年春天成立的社交同好會。

每個月舉辦兩次例會，分別是第一週和第三週的星期六，大家聚在站前的 S 飯店舉辦茶會，從東京邀請知名小說家前來演講，或是圍在地方報社的厲害記者身邊，聽他們談論時事。上次在七夕當天，我們租下飯店的宴會廳，舉辦第一次總會。採自助餐式的晚餐會，以一張兩萬日圓的價位，銷售兩百張入場券，全部銷售一空，利潤約兩百三十五萬日圓。市長夫婦、大學校長，以及本市的榮譽市民——雕刻家高田亮老師也都一同蒞臨，熱鬧非凡。

餐會結束後的這兩個星期，我們全員一同討論這筆收益的用途。討論的過程起了不小的爭執。有人提議買救護車送消防局。有人提議再多存點錢，然後捐健檢車給衛生站。有人說，在市立圖書館設立「Charité文庫」專區如何？把錢寄放在大學的事務局裡，提供特別優秀的學生獎學金如何？就充當市內公車站牌設置菸灰缸的資金吧？設立Charité獎，每年頒給我們S市最有功勞的五個人二十萬日圓獎金吧？贈送市內的小學二十三萬五千支鉛筆……大家提出各種提議。一時間，大家都堅持自己的提議，不肯讓步，身為代表的我看了，甚至開始擔心「這個社交性質的同好會，該不會成立半年就瓦解了吧」。

不過，在今天下午的例會中，有位太太提出了很好的意見。她說：

「我們的共通點，就是我們全都是母親。這樣的話，不妨就貫徹我們當母親的立場吧。例如，我家附近有一間養護機構，名叫『白百合天使園』。園童的年紀從學齡前的兒童到國三生都有，好像有八十人之多，當中一半都是孤兒……為什麼我會知道這件事呢，因為我家么女就讀的小學裡，有位同屆的男

12 Charité，法語，意思為「慈善」。

生就是白百合天使園的園童。聽說在那個機構裡，每個月的第一個星期天是和家人會客的日子。另一半的園童有單親或是親戚。他們的單親或親戚心裡會想『真可憐，平時都幫不了孩子的忙，至少在這一個月僅止一次的日子，盡可能為孩子多做一些』，就此帶來許多美食、書、玩具，甚至有人會帶他們去遊樂園玩。那些孤兒們則是一臉羨慕地看著他們。我聽女兒提到這件事情時，暗自落淚。就連機構裡的孩子，也會因有沒有單親或親人，而分成兩種不同的階級，可以容許這種事發生嗎？因此我有個提議。每個月一次，選在每月的第一個禮拜天，我們全員一起去白百合天使園，當孤兒們的一日母親，大家覺得怎樣？這兩百三十五萬日圓，就充當便當費、禮品費，以及帶孩子們出去玩所花費的資金。如果還有剩餘就存下來，當作是給優秀的孤兒從國中升上高中的學費。大家覺得如何？」

大部分會員都贊成，最後由我寫這封信。我們不是送出財物就了事的那種慈善事業，我們每位會員都將化為每個不幸孩童的母親，悉心照顧他們，成為他們的助力。能透過會員間的討論來發現這樣的做法，我們很引以為傲。請接受我們這份心意，讓我們成為你們的夥伴。在此靜候佳音。收到您的回覆後，我會和幹部一起前去與您展開細部的討論。

八月二十日　Charité 沙龍
代表　片桐枝美子　謹上

2

片桐枝美子女士台鑒

真的很感謝您崇高又真誠的來信。我們這所機構有副園長一名、指導員五名、保育員七名、營養師一名、廚房人員兩名、洗衣修補人員兩名、修繕人員一名、文書兩名，連同我算在內，共有二十二名職員。每星期一早上，將孩子們送往國中和小學後，我們會召開兩個小時的職員會議，這是從本園創立以來一直延續至今的規矩，而今天早上會議時，我們大家一起看您寫的信。其實大可不必提這件事，不過我們大家真的都非常高興。我們那位擔任文書的大叔，甚至從頭到尾都用手帕緊抵著眼睛呢。

不過，就像在信中提到的，沒有家人的孩子，與有親人的孩子，兩者不同的對待方式確實很困難，我們也為此苦惱良久。不過，花了很長的時間與孩子們討論的結果，孩子們和我們職員想出的結論是——

「要先充分了解自己的遭遇。絕不悲觀。明白自己能倚賴的只有自己，所以要讓自己變得更堅強，提升自己的素質，為了自己好，要讓自己成為值得依靠的人。」

明明沒錢，卻老想著「要是我有錢的話……」，那也無濟於事。同樣的道理，因為沒有父母，而心想著「要是我有父母的話……」，一味地羨慕他人，那也不會有任何幫助。如果覺得羨慕，而在心裡想「要是我有父母……」，就能有父母的話，那要怎麼羨慕都行。然而，這是不可能的事，所以要停止羨慕。這是生活在這裡，沒有父母的孩子們，一再經歷痛苦，好不容易才建立起的想法。如果有那樣的空閒時間，就多多充實自己吧。他們好不容易有這樣的覺悟。

因此，沒有父母的孩子們，就算一個月一次會面對那些有單親或親戚的孩子們家人來會客的日子，他們也不會因此改變態度。反而還會拍著那些有人來會客的孩子們的肩膀說「嗨，挺好的嘛」。而另一方面，也沒有哪個孩子會因為有人來會客，就趾高氣昂。因為大家都知道，這不是什麼值得向人炫耀的事。

您或許會說「孩子們才沒這麼懂事呢」，但這是事實。在會客那天，您如果能來親眼確認一下，應該就會明白我說的句句屬實。

因此，關於「一日母親」的提議，我很感謝您這份好意，不過，能否請您收回這個想法呢？這不是我個人的決定，而是所有職員共同的請求。

另外，請容我厚著臉皮再向您提出請求，如果各位有心想幫助我們，請將捐款金額全部交由我們保管。我們的時間全用在與孩子們的接觸上，所以我們自認很清楚孩子們現在最需要的是什麼，他們現在想要的是什麼。我們同時也有一份自負，了解能為孩子們花這筆錢的人，只有我們。希望您能聽見我們的請求。我明白這樣的回覆很失禮，請您多多包涵。

八月二十二日　白百合天使園園長

德蕾莎小原純子修女　謹上

3

白百合天使園園長小原純子修女尊鑒

坦白說，你們這些職員實在有點傲慢。如果不是，那你們就是全都過度自信。仍採取以前那種敷衍的做法，若無其事地說一句「這是在幫助人」，看了真教人受不了。為了排除偽善的慈善，我決定堅持採取「一日母親」的做法。這點還望諒解。當然了，「一日母親」只是個出發點。你們機構裡的Ａ孩童，與我們團體的B母親，某天將會當一天的母子，這是第一步。如果雙方合得來，就互相寫信，找個星期天，A到B的家裡玩，當兩天母親、三天母親，然後是三百六十五天母親，加深彼此的情誼，讓彼此的關係更加緊密，成為可以一起討論要讀哪所高中或是工作出路的親密關係。這是我們會員的終極願望。我們會幫忙籌錢，但如果您說錢的用途一概不能過問，那可就傷腦筋了。因為這和我們的想法大相逕庭。

您在信中寫到，白百合天使園的孩子們「充分了解自己的遭遇」。如果這是真的，為什麼您會如此拒絕我們「一日母親」的嘗試呢？何不懷著你們的自信，賜予孩子另一番全新的遭遇呢？請您再重新考慮。

八月二十六日　Charité 沙龍

代表　片桐枝美子　謹上

4

片桐枝美子女士台鑒

謝謝您的來信。因我的筆拙，而惹來諸位的不悅，真的很抱歉。雖然我的用語不夠圓融，不過我真正想說的是善意的權力，這次是否能巧妙地說明清楚，我其實也沒把握，面對信紙，我思考良久。但後來我突然想起十二、三年前，東京某女子大學的校友會雜誌上曾刊出一篇小說，它能近乎完美地代為說出我此刻的感受，於是我從擺在修道院閣樓儲物間裡的行李箱將它拿了出來。很抱歉在您百忙之中，還占用您寶貴時間，我將小說的部分內容擷取下來，放進這個信封裡，請您過目。

創立三十週年祭紀念創作招募第一名

桃子

舟倉道子

東京某女子大學兒童文化研究會的一行六人，在七月的某天傍晚，來到號稱東北最落後的一處寒冷之地的小村落村公所。

年邁的地方公務員請他們一行人進入村公所的值班室，並馬上剖開吊在水井裡的西瓜請他們吃。但這六名女大學生全都躺在值班室泛褐色的榻榻米上，喘息不止，像狗一樣吐著舌頭，累得連話都說不好，好不容易得來的西瓜，也剩了一半以上沒吃。儘管如此，待她們稍事歇息，稍微恢復精力後，那名像團長的女學生開口問道：

「我們今晚可以在這裡休息吧？」

「這怎麼行。」

老公務員急忙擺手。

「已另外幫妳們備好宿舍，今晚會住在村長家。」

六人當中的某人充滿倦意地低語道：

「這麼說來，又得走路了。真是夠了。」

「村長家離這裡並不遠，就在前面那一帶……」

老公務員以東北人特有的囉嗦口吻，開始說明前往村長家的路線該怎麼走，這時，有人插嘴開起了玩笑：

「像遠又像近，這是男女間的關係；看起來近，其實遠，這是鄉間道路。」

老公務員就此愣在原地，伸手搔頭。女學生們見了，呵呵輕笑，精力似乎恢復了不少。

「總之，村長家隔壁就是學校，所以明天可就輕鬆多了。不過話說回來，妳們竟會來到這種像偏遠離島般的地方。我們村裡有七十二名小學生和國中生，大家都很期待明天的人偶劇……當然了，我們也會好好欣賞。」

老公務員收走女學生們吃剩的西瓜，心想，也難怪她們會這麼疲憊。

（因為從東北主線換乘支線，從支線終點再搭三個半小時的公車，從巴士終點又走了兩個小時的路。這裡位於深山，從東京得花上整整一天才能抵達。對都市的姑娘來說，這路程或許是吃力了點。）

過了將近一個小時，村長前來迎接。村長年近半百，是位個頭矮小的男人，指甲因菸油而泛黃，以指甲搔抓著稀疏的頭髮，話特別多，就此露出他那同樣因菸油而泛黃的牙齒，不過說來也奇怪，他並不會給人討厭的感覺。

村長提著老公務員準備的燈籠，上頭還印有村公所的名稱，他走在前方，以燈光照向道路，對女學生們說道：

「妳們到我們這裡來，這對村子來說是件大事。我這樣說，妳們或許會笑我，說我太誇張了，但我發誓，我是說真的。我們村裡，一年只有一兩次縣政府會派巡迴電影班來，對村裡的人們來說，看人偶劇可說是有生以來第一次的體驗……」

「可是，這裡總有電視吧。」

面對團長的詢問，村長將燈籠甩向一旁。

「NHK發下豪語，說日本全土的電波覆蓋率是98％，但這個村莊就是剩餘那收視困難的地區之一。這裡四面環山，如果沒蓋上三、四座電視塔，電波便到不了這座村莊。**以目前來說**，這座村莊能夠自豪的，大概就只有清新的空氣和鳥叫聲了。」

這時，有人發出一聲讚嘆。

「嘩，好美。」

「大家快抬頭看天空，就像把全世界的寶石全蒐集過來，貼在天空上一樣。」

眼前確實是美得醉人的星空。這些只在天象儀裡看過星光的女孩們，在原地呆立良久，對眼前的星光洪流看得心醉神迷。甚至有女學生忍不住伸手想一把握住星星。

「這裡的星空確實很美。」

村長用燈籠裡的火點燃香菸，露出苦笑。

「不過，我們不能只靠吸取星光過活。從很久以前開始，這座村莊都是靠燒製木炭謀生，但現在已經不做了。要是再不想辦法找尋新的出路，這座村莊將會被逼上絕路，我身為村長，這同時也是我頭痛的問題。哦，請小心腳下。

這裡有條小河。過河後就是我家了。」

村長家招待的晚餐，有蕨菜乾和紫萁乾煮成的味噌湯、醬燒紅蘿蔔乾加昆布，從晚餐便可看出村裡的貧窮。

吃完晚飯後，女學生們開始組裝明天公演要用的操作型人偶，將背景布幕的縐摺拉平，但這時突然有人說道：

「今天扛著沉重的人偶和道具爬山路時，我原本心裡想，為什麼我要到這種宛如世界盡頭般的地方來？坦白說，我很後悔。早知道會這麼辛苦，還不如到海邊民宿打工，不但有錢賺，還能順便玩樂。不過，好在來對了。因為可以望見這麼迷人的星空。這一帶真的離天空好近啊。」

「明天的這個時候，妳覺得自己來對了的感受，應該會增強十倍才對。」

團長將人偶操控棒上的鐵絲拉直，如此說道。

「妳是第一次參加公演旅行對吧。所以妳才不知道，不過，我現在就能做出預言。渴求兒童文化的貧苦孩童們，會對我們的人偶劇看得渾然忘我，當妳親眼目睹那幕光景時，妳所得到的喜悅，應該會永生難忘。」

這時，又有人發出一聲讚嘆。

「是流星耶。」

六名女學生屏息望著流星的光尾，在流星消失後，她們仍朝夜空凝望良久。在令人吃驚的近距離下，杜鵑鳥叫了一聲，接著某處傳來山中竹子的碎裂聲。

隔天早上，這六名女學生因數百隻小鳥的叫聲而醒來。六人以小河的河水洗好臉後，到村長家四周散步。村長家後方是一塊貧瘠的旱田，旱田後方是小學，旱田中央長了一棵瘦弱的桃樹，在朝陽下結出約十顆金光閃閃的果實。在純白色的地面上，浮現呈朦朧淡紅的桃子，這六人看了，只覺得與這樣的貧窮村莊很不搭調。團長就像要以手掌加以包覆般，輕輕碰觸手邊的桃子。

「好像已經熟了，摸起來好軟。」

其他五人也用手指輕彈桃子，或是用手捏。

「要是我們擅自吃掉桃子，不知道會不會挨村長罵？」

有人一邊這樣說，一邊摘下桃子。團長也摘下一顆桃子，用手掌擦拭表皮。

「哪會挨罵啊。去年到山形公演旅行時，宿舍隔壁也結了洋梨，我直接就摘來吃，事後我誇洋梨香甜可口，結果他們便送了我一大堆洋梨，都快帶不走了。」

她們六人手裡一共拿了六顆桃子。團長一口咬下，對它的多汁大感驚奇。

她以手掌擦拭嘴角說道：

「好好吃哦。入口香甜。不過纖維質太多了，算是中等貨。」

年輕女孩食量大，才一轉眼就吃光了桃子。有人吃了兩顆，有人只能吃一顆，不過，只能吃一顆的人，很羨慕吃了兩顆的人有這樣的好運氣。

之後六人將器材和人偶搬進學校，用暗幕遮蔽教室的窗戶，打造出一座臨時的人偶劇場。在工作時不時會聽到剔牙的聲音，可能是桃子的果肉纖維卡在某人的牙縫裡吧。

大致準備妥當後，開始用早餐。團長向村長的妻子詢問說，沒看到村長，他出門去了嗎？

「是的，剛才去了村公所。」

村長的妻子一邊向六人倒茶，一邊回應。

「因為昨天晚上縣政府打電話到村公所，說有位身分崇高的技術官員，今天下午會到村裡來，所以他今天早上便去了村公所，一直都還沒回來……」

「我們公演的事，傳到縣政府耳裡了。」

團長開玩笑道。

「所以專程從縣政府到這裡來欣賞……」

女學生們因團長的這句玩笑話，而略微激起了自負的心，個個面露笑容，這時，村長踩著跳舞般的愉快步履返回。村長的妻子向前問道：

「你回來啦，要吃早飯嗎？」

但村長沒回答，就此一屁股坐向爐邊，點了根菸，很享受地吞雲吐霧起來。

「您怎麼了？」

「終於來了，縣政府的技術官員終於來了。」

「這事我們剛才聽夫人提過了。不過村長，看您好像很高興呢。技術官員前來的事，您為何這麼……」

不等團長把話說完，村長就開始說了起來。

「我年輕時，曾受徵召入伍，前往中國大陸，而我登陸上海後，第一口吃到的東西，就是桃子。那叫作上海水蜜桃。它汁多味美，當時我覺得世上再也找不到這麼好吃的東西了。」

感覺又會說個沒完了。這六名女學生有的雙手撐在身後，有的躺下，聽村長娓娓道來。

「退伍回國後，我仍忘不了那桃子的滋味。於是我心想，乾脆我自己種桃子算了。不過，也不知道妳們是否曉得，桃子不具耐寒性。在寒冷的地方難以種植。在日本，山形、宮城以北的地方，無法栽種。所以我一直以失敗收場。」

村長的妻子將髒汙的餐具收妥，正準備搬往小河邊的清洗場，這時她插話道：

「大家背地裡都說他是桃子狂，實在很沒面子。」

「但我可沒因此氣餒。我走遍日本全國，尋找抗寒的桃樹砧木[13]。過程中我多次想要放棄。但這不是我個人的嗜好。我改變想法，認為這也是為村莊好，最後終於在山形找到『金中桃』這種耐寒的桃樹砧木。找到砧木後，接下來就得靠毅力和努力了。我在砧木上嘗試各種桃樹的芽接、切接，而在四年前，我終於成功創造出在這座村莊也能栽種桃樹的品種。種在後方旱田裡的，就是那株桃樹……」

村長點了第三根菸。

「這座村莊目前沒什麼特別的謀生之道，不過，要是這裡種得出桃子，村裡的生活就能有些許改善。我抱持著這樣的想法，含辛茹苦，終於有了結果。桃樹前年結了三顆桃子，去年六顆，今年十顆。今年的桃子還沒吃，不過去年

13 在嫁接的園藝技術中，組合植物的上部稱為接穗，下部稱為「砧木」。

和前年的桃子都很可口。雖然還是比不上上海水蜜桃，但有那樣的味道，要做買賣已不成問題。不過，若要成為全村的生計，需要資金。於是我向縣政府申請補助金，結果縣內的技術官員對我說『說什麼傻話。我們縣內怎麼可能結出桃子』。我聽了之後回他一句『我是不是傻瓜，這裡到底能不能結出桃子，你就自己親眼見識吧』。」

村長發自內心露出開懷的笑容。這時，這六名女學生已沒人躺著。她們全都正襟危坐，那名團長不僅端正坐好，還臉色蒼白，微微顫抖。

「於是，今天技術官員才會千里迢迢來到這裡。等技術官員看到後面那棵桃樹，親手碰觸桃子，嘗過它的滋味後，他一定會嚇得腿軟，同意我的補助金申請。再過不久，這座村莊就會變成一座桃花源了……咦，妳們這是怎麼了？怎麼個個表情嚴肅？」

這時，村長的妻子快步衝進土間裡。

「沒了，桃子全沒了。老公，桃子全都沒了。」

人偶劇的公演在上午十點開始，但觀眾少得可憐。因為許多父母都說「這班人偷走我們村莊最重要的桃子，不能看她們的表演」，不讓孩子前來。團長身兼操偶和配音兩種角色，但她今天聲音沉重，無精打采。

「很久很久以前，某個地方住著一對老先生、老太太。老先生到山裡砍柴，老太太到河邊洗衣。」

（……也許就像昨天晚上某人說的，我真應該去海邊民宿打工兼玩樂才對。這樣是為我自己好，也為村民好……）

團長的聲音語帶哽咽。

「……老太太在河邊洗衣服時，從上游漂來一顆大桃子，載浮載沉……」

……聰明的各位應該明白我想說的是什麼吧？對村長以及村民而言，這桃子具有什麼意義，如果沒仔細考量到這個層面，這樣的善意根本毫無助益。非但如此，反而還會帶來阻礙……做為這篇小說背景舞台的東北貧窮村莊，我也曾經去過，所以深有所感。我就在這裡坦白告訴您吧。這篇小說所說的，幾乎都是事實。作者舟倉小姐是人偶劇研究會的成員，她是為了自我批判而寫下這個故事。而那位狂妄的團長就是我。「這個桃子對我來說，就只是個桃子，但是就對方來說，有什麼特別的意義呢？」之後我一直在思考這個問題，最後成了修女，照顧起孩子們的一切，就此深陷其中。不過，「桃子」這故事的另一方是怎樣的情況，我不清楚。我想，恐怕一輩子也無法得知吧。

我似乎太過絮叨了，關於「一日母親」這件事，還望三思。

八月二十八日　白百合天使園長

德蕾莎小原純子　謹上

5

從今天起邁入九月。市內的中小學皆一同展開第二學期的開學典禮，不過，由本市上流界的夫人們組成的社交同好會「Charité 沙龍」（代表者為片桐枝美子女士），於今日決定向市內中小學捐贈二十三萬五千支鉛筆，並向本市教育局長表明此事……

（一九七七年九月一日《河北新報》晚報）

灰姑娘之死

1

Ⓐ

青木貞二老師尊鑒

青木老師，好久沒向您問候了，真是抱歉。是這樣的，今天適逢久違的休假，我到嬸嬸位於小岩的公寓找她玩。結果嬸嬸對我說：

「加代，這次的春假，有個男人到公寓來找我，說他是妳高二時的導師。沒錯，是位年約二十七、八歲，高個子，膚色黝黑的美男子。記得好像說他叫青木貞二還是貞三來著。他向我問了許多關於妳的事，之後便回去了，不過，沒想到現在還有這麼熱心的老師。」

我聽了之後大吃一驚，接著覺得很遺憾。因為感到遺憾不已，我對嬸嬸說：

「嬸嬸，妳好壞心。為什麼不告訴老師我宿舍的電話號碼。」

「很不巧，妳寫給我的那張便條紙，我弄丟了。」

嬸嬸若無其事地說道。

「連公司的名稱也忘了。」

嬸嬸真是太糟糕了。這位嬸嬸是先父的弟媳。我那位叔叔也在五年前死於骨髓炎，之後嬸嬸一直都獨居（因為沒孩子），現在是小岩一家電影院的清潔婦。可能是因為沒血緣關係的緣故，她對我很冷淡。其實當初我離開長岡，前來東京時，原本都還指望這位嬸嬸能幫我。心想，她好歹會留我在公寓裡住上一週或十天左右吧。不過，我抵達那天可能是隨身帶的伴手禮起了作用吧，她待我很好，但從隔天早上開始，她便對我說：

「電影院右手邊那家酒吧的老闆問我，有沒有什麼好女孩可以介紹給他。」

「左手邊那家水果吧貼出徵女員工的告示呢。」

「妳不能只看報上的電影廣告欄，也要多看徵人廣告欄。」

「啊，我的茶葉都沒了。家裡多了一個人，茶葉的消耗量就多出一倍半呢。」

「我白天都不看電視。但這一兩天，有人白天也都緊盯著電視看。我都不敢看電表呢。」

極盡挖苦之能事。到了第四天，我終於離開嬸嬸的公寓了，就此成為西寶連鎖超市的店員。西寶連鎖與一般的超市不同，目前在四谷、六本木、青山、新宿、吉祥寺這五個地方展店，大多是八層樓的大樓。每棟大樓都一樣，地下和一樓是超市、二樓是咖啡座和精品店、三樓是餐廳、四樓是中華料理店、五樓是ＰＵＢ、六樓是美容室和女性三溫暖、七樓是理髮店和男性三溫暖、八樓是事務所和宿舍。而我的工作地點，是四谷的西寶大樓裡的超市，這裡賣的全是高級品。西寶超市標榜的口號是「二十四小時營業」，客人大多是住在附近大樓裡的銀座酒店小姐、電視藝人（附近有電視台）、劇本家、製作人。這類的人常過夜生活，所以很需要二十四小時營業的超市。當然了，也有許多一般的客人會來光顧。

不小心偏離話題了。總之，今天我和嬸嬸吵了一架。我打算再也不去小岩了。青木老師，讓您操心了，真是抱歉。去年九月的第二學期開始前，我連跟自己的好朋友船越真弓、藤澤秀子也沒說，就擅自離開長岡市。我曾想過，至少也得跟青木老師您說明我離家出走的原因才行，但最後還是沒辦法。不過，離家至今已過了七個月，我覺得自己終於有勇氣可以說出一切。雖然不確定自己能否寫到最後（之所以這麼說，是因為我覺得既可怕，又難為情），不過，就請您聽加代說自身的遭遇吧。

老師您也知道，我和家母兩人住在母子保育院內。家父在我小六那年到佐渡釣魚，被海浪捲走，下落不明，從那之後，家母一直在長岡市內的料理店當女服務生賺錢養家。每當店裡生意忙碌，女服務生忙不過來時，家母就會被叫去。而料理店沒打電話來的日子，家母大多在睡覺。她罹患慢性膽囊炎，身體虛弱。所以我上國中後，便開始接受生活補助。

不過老師，當時是我最快樂的時光。我在和室桌上攤開課本，小聲地打開收音機，進行預習和複習。儘管肚子餓得咕嚕咕嚕叫，但我可以忍耐。很快就會有好吃的大餐了。我一面這樣告訴自己，一面拿著鉛筆在筆記上振筆疾書。不久，時鐘的十一點整點鐘聲響起。好了，時間快到了。家母和我兩人的晚餐就快開始了。我檢查煤油爐上的水壺，如果熱水不夠，就先朝裡面補水。接著將和室桌整理乾淨，做好泡茶的準備。到了十一點半，最晚在十一點四十五分之前，就會傳來家母悄悄從母子保育院二樓走廊走過的腳步聲。那是略微拖著右腳行走，家母獨特的走法。我在屋裡迫不及待，總會打開房門，衝向走廊迎接家母，並小小聲對她說：

「媽，今晚的大餐是什麼？」

母親拎回家的餐盒，裡頭的東西各式各樣都有。這是廚師為我們將宴會料理的剩菜裝進餐盒所做出的大餐，裡頭的菜色每次都不一樣。有時裡頭會有許多生魚片。有時是因溼透而變得軟趴趴的天婦羅。有時只有燉芋頭在裡頭滾來滾去。有時家母帶回來的不是餐盒，而是裝有鯉魚湯的小鍋子。不過，每道料理都很好吃。我和家母圍著餐盒，天南地北的閒聊時，我沒有任何不滿，什麼都不擔心，是個幸福的女孩。

不管怎樣，我都想上高中。所以我從國二開始就到市內一家和菓子老店打工。我的工作是將店裡最熱銷的最中[14]和栗子饅頭包上玻璃紙。記得一個可以有一圓二十錢的工錢，一個月可賺一萬到一萬五千日圓。領取生活補助的家庭，孩子若是在外工作賺錢，恐怕會被取消補助。所以我沒讓任何人知道打工的事。我都是對母子保育院的人說「因為排球社練習很忙，所以都沒空待在家裡」，以此蒙混過去。會被取消生活補助，往往都是因為同住在母子保育院裡的人告密所導致。

「某某某家的孩子買了新衣服。某某某家一週有三次吃生魚片。一定有什麼特別的收入。你們要不要調查看看？」

向福祉事務所告密的人，大多是同樣住在母子保育院裡的住戶。真是無聊又可悲的癖好啊。等我長大後，要讓母子保育院裡的所有居民一起成立一個秘密工會，到外頭找工作，在保育院裡一起分工完成，多少增加一點收入，以備不時之需，或是吃些營養的東西。

總之，有好一段時間，我過著雖然貧窮，卻很祥和的日子。前年春天，我進入夢寐以求的縣立高中，而參加戲劇社後，馬上就被提拔為校慶公演的主要演員，好事接二連三到來。高二那年春天，更棒的事發生了。擔任戲劇社指導的青木老師竟然成為我們班上的導師。接下來要寫的內容，老師看了或許會說

「妳這女孩也太低俗了」，而感到反感，不過，我還是要寫。老師您是我們戲劇社所有女社員崇拜的對象。您單身，又是位美男子，而且不是刻意耍帥，學識淵博，待人親切，而且親切不求回報。您老家是長岡市數一數二的名門，當地規模最大的造酒廠二公子。這樣如果還有哪位女高中生不崇拜您，那她一定是傻蛋。我也是崇拜老師的女生之一。我努力用功，只為引起老師注意。認真投入社團活動，想在社團方面吸引老師目光。我暗自下定這樣的決心。

然而，從那時候起，家母開始變得行徑古怪。她的膽囊炎逐漸好轉，變得比以前更有活力，但隨著她日益健康，她返家的時間卻越來越晚。以前不管再晚，都還是會在十二點前到家，但後來她只要是去料理店上班，通常都會拖到半夜一、兩點才回家。我已不再像國中時一樣，一直在家等家母帶晚餐回來。我開始自己煮味噌湯，烤魚來吃。因為我如果老是等家母帶晚餐回來，可能會活活餓死。家母回家後，便馬上鑽進被窩。就像害怕與我目光交會般，總是低著頭。

「好累、好累，全身無力。」

14 以特製餅殼夾餡的日式和菓子。

她如此喃喃自語，匆匆忙忙地鋪好墊被，就此背對我躺下。然後像是突然想到似的說道：

「加代，我在鞋櫃上放了一個禮物。是壽司餐盒，很好吃哦。」

那是很高級的壽司餐盒，之前客人吃剩的菜打包而成的餐盒根本沒得比。但我一點都高興不起來。家母變了，她藏了某個我不知道的秘密。我邊吃壽司邊如此暗忖，吃起來一點味道也沒有。

記得是去年五月初，黃金週剛結束時發生的事。家母因為料理店的員工旅行，而出外展開三天兩夜、繞能登半島一圈的旅遊。但那天晚上，料理店打電話到母子保育院來，在電話中說道：

「請轉告妳母親，今晚到店裡來幫忙。雖然妳母親說，這三天她有事不能來上班，但因為臨時要辦宴會，很多事要忙，亟需人手。就跟妳母親說，老闆娘請她來幫忙。」

家母對我說謊。根本不是什麼料理店的員工旅遊，她瞞著我偷偷出外旅行。

家母旅行回來時，我告訴她，她不在家的時候，料理店的老闆娘曾打電話來，還說，我回答老闆娘，家母正出外旅行，沒辦法去店裡工作，老闆娘傷透了腦筋。家母聽了之後，臉色慘白，全身發抖，接著她向我招認。

「媽媽有了喜歡的男人。是一位廚師學徒，名叫彌吉。小媽媽一歲，今年三十五。加代，請妳諒解。媽媽自己一個人面對人生，真的好累。」

隔天，那個叫彌吉的男人馬上來到我家。操著一口關西腔，個子很矮，肥到都快看不出脖子。他是個老菸槍，門牙因菸油而發黃。他一進屋，便拍著我的肩膀說「妳可比妳媽漂亮多了」，呼出滿是菸味的氣息，嘿嘿嘿地笑著。

「總之，我來了之後，妳們就不用擔心了。我計畫不久之後要開一家自己的小料理店，妳就放一百二十個心吧。當然了，妳們很快就會跟這個窮酸的母子保育院說再見了。」

我常聽母子保育院裡的阿姨們在走廊或大門口前的向陽處說「二十多歲的寡婦守得住，三十多歲的寡婦守不住」。我大致明白這句話的含意。所以就算家母再婚，或是有了像週刊雜誌上常提到的「愛人」，我也絕不會就此心慌，反而還會對家母的新生活和冒險給予祝福。我原本心中是抱定這樣的想法，但這得依對方而定。如果對方是可尊敬的男性，就算不值得尊敬，但只要是好人，是個善良的人，是個為人可靠的人，我也會替家母感到開心。但這個男人實在爛透了。廚師學徒的頭銜，就只是拿來充場面用的，其實他是料理店附近一家拉麵店的外送員。不，老師，我這話的意思並不是指「拉麵店的外送員爛透了」。

他之前因為在柏青哥店裡四處向人要獎品而遭開除。也當過旅館的鍋爐工，但因為趁房客睡覺時偷東西，而被炒魷魚。接著他進入保全公司，但因為考績不佳而遭開除……就這樣改當外送員，但這次他對自己的工作感到羞愧，因而向人吹噓說他是廚師學徒。我說他爛透了，指的是這方面。

家母也真是的，既然要和人交往，挑個正經一點的人不是很好嗎？想到這點，就覺得既羞愧，又懊惱，好幾晚睡不著覺。還有一件既噁心又可怕、令我直打哆嗦的事，就是那個男人不時會和家母一起回到我們的母子保育院，在這裡過夜。我也已經不是小孩了。同蓋一床棉被的男女會做些什麼事，我也大致猜得出來。所以我朝耳裡塞棉花，以棉被蒙住頭，背對他們，一動也不動，但也不知道那個男人怎麼會如此粗神經，不是叫得特別大聲，就是把腳伸長，戳我的背。我一度覺得自己的血液就此凍結。每次家母與那個男人同床共枕，一定都會傳出某個噁心的氣味。那是酒味、死魚味、肌膚相互摩擦所發出的酸甜氣味。這三種氣味交雜飄蕩屋內，等到再也聽不到男人的呻吟與家母急促的呼吸聲後，我那宛如在地獄受磨難的痛苦這才暫時消除，就算翻身也沒關係。這時我才開始聞到那噁心的氣味，心情也稍微平靜下來，我放鬆自己僵硬的身軀，翻過身去。這時，我撞見那個男人用自己的腰一再用力地頂向家母白皙的腰。

而且那男人的臉還面向我，露出那髒汙的門牙，朝我咧嘴笑……

不過老師，我之所以逃出長岡的住家，目睹家母與那男人之間的性事並非直接原因。而是在那年暑假，發生了一件更可怕的事。

那是再過一兩天，暑假便宣告結束的某個夜晚，我送家母出門上班，朝和室桌攤開英語課本時，那個男人拎著一瓶威士忌走了進來。我告訴他「我媽剛才出門工作去了」，男子聽完後，就此一屁股坐向和室桌旁。

「我就是看到老太婆出門才進來的，今晚我有事想跟加代妳說。」

他開始小口地喝起了威士忌。我馬上迅速整理起課本和筆記。當然了，我想逃出屋外。這時男子說出奇怪的話來。

「加代，妳和我不是外人，我們就如同是夫妻。那個老太婆，也就是妳媽，每次我和她做愛時，總是都望著妳。妳明白嗎？我當自己是和妳做愛。所以妳和我不是外人，妳是我的妻子……」

我爬向門口，因為我連站起身的勇氣和餘力都沒有。爬不到一公尺，那個男人便一把抓住我的裙子。然後……

我搭那天晚上的末班列車離開長岡。我給家母留了一張字條，上面寫著「請不要找我」。

老師，寫到這裡，我那無聊的遭遇可說是全部交代完畢了。之所以能用「無聊」來形容，可說是我對自己的寬容，算是很大的進步。

我現在固定到東京戲劇學校上課。那是歷史悠久，頗負盛名的戲劇學校，所以老師您應該也知道才對，我在西寶超市的工作時間是晚上八點到早上八點，學校上課時間則是下午一點到下午五點。所以時間上剛好軋得上。基礎課程為期六個月。我從去年十月到今年的三月已完成這邊的基礎課程，目前正在上專業課程。需為期兩年。也就是說，以基礎課程磨練六個月，確認是否真有決心從事，然後再以專業課程正式加以訓練，這是學校的方針。從專業課程畢業後，文學座、俳優座、民藝等大劇團，都會來接洽徵人。而認為大劇團現在已不流行的人，會去參加早稻田小劇場、紅帳篷劇團、黑帳篷劇團的面試。我鎖定的目標不是這些劇團，而是電視連續劇的主角試鏡。

專業課程的學生除了上課和演技外，平均每半年一次，都得參加新人公演。不過，能參與演出的人很幸運，有三分之二以上的學生都是進行幕後工作學習，不過，下次新人公演的劇目是尚・阿諾伊（Jean Marie Lucien Pierre Anouilh）的《安蒂岡妮（Antigone）》（在六本木的俳優座劇場，六月上旬會連演五天哦）。下週一會宣布配角名單，不知道我能否參與演出，想到就覺得一顆心撲通撲通直跳。離下週一還有五天，如果這封信在那之前寄達老師手中，請為您以前教過的學生、昔日的戲劇社社員祈禱。青木貞二老師，這世上肯為我祈禱的人，就只有您了。

寫了好長一封信。下次為了不浪費老師您的時間，我決定寫得簡單扼要一點。請老師要多保重身體。啊，還有，我寫信給您的事，請替我保密，尤其是對家母。家母可能會洩露我的地址給那個男人知道。到時候那個男人可能會厚著臉皮上東京找我。就請老師代為保密了。

四月二十一日　鹽澤加代子　謹上

Ⓑ

鹽澤加代子同學青覽

謝謝來信。真的很謝謝妳。我很高興。因為一時太高興，不知道該寫什麼才好，不過看妳一切安好，老師就放心了。不光是一切安好，還充滿幹勁的面對人生。這是老師最欣慰的事。我當然會祈禱妳能參與《安蒂岡妮》的演出。今天是四月二十三日。二十四日和二十五日這兩天，我就不吃午餐吧。如果不吃午餐祈禱，神明可能會考慮接受我的祈求。老師會再寫信給妳。不論遭遇什麼事，都絕不能氣餒哦。

四月二十三日　青木貞二　手書

Ⓒ

青木貞二老師尊鑒

我剛看完老師的來信。真的很謝謝您。拜老師您的午餐斷食之賜，我終於獲得那難能可貴的幸運。《安蒂岡妮》的主角由我擔綱演出。昨天下午宣布工作人員和演出角色，但從那時候起，我一直都像在做夢。腦袋一片空白，不管想什麼都不靈光。我腦中的畫面已飛往六月初俳優座劇場的舞台上。仲代達矢、平幹二郎、加藤剛、田中邦衛、栗原小卷……這些明星曾站過的舞台，現在我也即將站在上頭。每次想到便覺得一陣天旋地轉。不能一直這樣沉浸在歡樂中。我得繃緊神經，卯足全力，牢牢抓住這次機會。練習從五月開始。得背誦許多台詞。我不能停掉工作，時間不夠是最大的煩惱根源。不過，不管再忙，我還是會寫信給老師。老師想必也很忙吧，但請記得回信給我哦。祝老師一切安好。

四月二十七日　鹽澤加代子　謹上

Ⓓ

鹽澤加代子同學青覽

鹽澤同學，恭喜啊。老師中午斷食的辛苦果然沒有白費。我想，妳會掌握這次的幸運，大概是神明體恤妳之前的辛勞，特地贈送的禮物。不管發生什麼事，都絕不能放手哦。要好好努力。

四月二十九日　青木貞二　手書

Ⓔ

青木貞二老師尊鑒

青木老師，好久不見了。今天是第十一天的練習，從今天開始展開排練。主角安蒂岡妮的台詞一共有五百六十九行，寫在四百字的稿紙上，將近有四十張之多。不過，我已經全部背下來了。導演也誇我說：

「妳可真投入。不錯哦，就是要有這種精神。」

對了，今天排演時，八千代製片廠的社長也來參觀。八千代製片廠算是主力製片廠，不時會和介紹電視劇演員的字幕上打出的「若草」、「鳳製作」等大型製片廠一同列名出現，所以老師您可能也知道這家公司。社長約

三十四、五歲，還很年輕，不過他常到我上班的四谷店來。通常都是半夜才來，採買牛奶、起司、威士忌之類的商品。昨晚社長來到店裡，向我問道：

「我之前就在注意妳了，如何，想不想當藝人？我認為妳頗有這方面的資質。如果交給我來辦，絕不會讓妳吃虧的。」

於是我和他提到自己是新劇女演員的學習生，在六月的新人公演中應該會擔任主角的事。

「妳還會演戲啊，那就更有前途了。」

社長說。

「那明天我也到排練場地看看吧。」

就這樣，社長親自駕臨。等到練習結束，我正準備回去時，社長已在外頭等我。

「妳的才能越來越令我著迷了。」

社長如此說道，帶我到附近一家咖啡廳。接著在那裡，我聽到一個難以置信的消息。

從十月的第一週起，民間廣播局計畫要將一位女醫師的傳記拍成晨間連續劇。為期半年。從星期一到星期五，每天十五分鐘。但女主角人選遲遲沒敲定。

出資者主張由新人擔綱演出，但因為欠缺新人，目前遲遲沒有進展。出資者那邊的宣傳部長（聽說他們是家族企業，部長是社長的次子）和我是學生時代的朋友，請我幫忙挖掘新人，但一直找不到特別的藝人，正為此發愁。不過，如果是妳的話，我想出資者也會很感興趣。應該能成為很有希望的候補人選。如何？要不要今晚去那位宣傳部長那裡試鏡？地點在我位於四谷的事務所。時間是晚上九點。如果錄取，請由我們製片廠來擔任妳的經紀人。

這就是歸納後得到的結論。回到店裡後，我請店長讓我今晚請假一次。接著在住處裡寫下這封信。不過，現在已經八點半了。我該去試鏡了。不知道結果會是怎樣。後續就等我回來後再寫。青木貞二老師，請再次為我祈禱吧。拜託您了……

那根本不是試鏡。算是在談生意。我拒絕對方，正準備離開時，那位個頭矮小，胖得幾乎看不出脖子的宣傳部長，伸手抓住我的裙子。然後……再見了，老師。

五月十一日　鹽澤加代子　謹上

Ⓕ

鹽澤加代子同學青覽

妳絕不能死。不管發生什麼事，都不要氣餒。

五月十一日　青木貞二　手書

Ⓖ

青木貞二老師

我已經不想再做夢了。永別了。

加代子

2

新潟縣立長岡高等學校　青木貞二先生台鑒

突然寫信給您，請原諒我的冒昧。我是任職於四谷警局的員警，五月十二日凌晨，鹽澤加代子在四谷三丁目一之九西寶連鎖四谷店八樓員工宿舍三號房開瓦斯自殺，我們從她枕邊發現一本記事本，如信中附件所示，對此很感興趣。

您看過之後應該就會明白，我們已確認過，這Ⓐ Ⓑ Ⓒ Ⓓ Ⓔ Ⓕ Ⓖ七封信，全是同一個人的筆跡（也就是出自自殺者鹽澤加代子之手）。她寫下不想投遞的書件，而且自己回信給自己。這樣的舉動著實怪異。關於這點，如果您知道些什麼，可以請您告訴我嗎？

對了，記事本中所記錄的內容，與現實有點出入，為了謹慎起見，備註如下：

「記事本」

①一間名叫東京戲劇學校，歷史悠久的知名戲劇學校……

②文學座等大劇團會前來接洽徵人。

③《安蒂岡妮》在六本木的俳優座劇場連續上演五天……

④主角由我擔綱演出……

⑤八千代製片廠算是主力製片廠……

⑥計畫要將一位女醫師的傳記拍成晨間連續劇……並舉辦女主角的試鏡。

「現實」

①既沒有悠久歷史，也沒名氣。

②完全沒來。

③僅在赤坂公會堂演出一天，白天和晚上各一場。
④分配到的是下人的小角色。
⑤是一家小製片廠，主要是培訓酒店小姐。
⑥計畫在電視上刊登廣告，為徵求只會在畫面中露手的廣告模特兒而舉辦試鏡。

看來，這女孩在「不存在的信」中寫了許多不切實際的夢想。

此外，如果相信這記事本上的內容，那麼，花紫化妝堂本舖的宣傳部長便很可能是對鹽澤加代子說，如果妳想上電視，就要照我說的話去做，向她提出交換條件，但這位宣傳部長極力否認。非但如此，他還聲稱是鹽澤加代子自己說「我以肉體做交換……」，主動勾引他，但既然鹽澤加代子已不在人世，此事便無法查出是非黑白。我們原本想好好暗中查探，但很遺憾，這次只能放他一馬了。在此靜候您的回覆。最後，為了謹慎起見，我再補充一點，對於記事本裡的書信往返，純粹是我個人感興趣，您放輕鬆回答就行了。

五月十八日　四谷警察局
警部補　高梨良造　謹啟

補充

聽說鹽澤加代子生前都向同樣當店員的同事說，她以前念的是長岡市的縣立普通高中，所以我猜您任教的學校是新潟縣立長岡高中吧？

3

四谷警察局　高梨良造先生鈞鑒

您好。鹽澤加代子去年第一學期仍是本校的學生。第二學期一開始，她母親向本校提出休學申請，而我們也依言辦理。話說，本校並沒有名叫青木貞二的老師。不過，倒是有——

青木秀雄

石原**貞**二

這兩個人。其實這封信是由這兩人一起合力寫成，這兩人都沒當過她的導師，也沒擔任過戲劇社的指導老師。而且兩人都五十歲左右，既不年輕，也不是什麼美男子，為什麼她要以我們兩人的姓名創造出「青木貞二」這號人物，我們完全猜不出半點頭緒。

不過，她剛入學沒多久時，我們兩人曾經向她提出忠告。我們兩人是在偶然的機會下，目睹她用手和便當蓋遮掩便當，縮著身子吃飯（一定是因為菜色很寒酸吧），所以把她叫出來，對她說：

「妳不妨就趁早上上課時，很快地把便當吃光吧。這樣大家或許會說妳明明是女生，卻一早就吃便當，真是個怪人，但這麼一來，大家就會發現妳遮掩便當的原因了。因為不管便當的菜色再怎麼豪華，只要是在上課時偷吃，就非得遮遮掩掩不可。」

這可能對您派不上什麼用場，不過，我們兩人對她所知道的事，就只有這樣。

五月二十三日

青木秀雄
石原貞二　謹上

飛上枝頭當鳳凰

1（親筆）

高橋忠夫老師尊鑒

我猶豫了許久，才下定決心寫下這封信。此刻我正邊寫邊哭，我還是非得和老師分開不可。因為不管怎樣，我都想送家父去醫院。

老師，您不要生氣，請把信看完。您也知道的，打從我上幼稚園起，就和家父相依為命。住在四谷住宅街深處，一棟位於坡道下的老舊公寓，完全倚靠家父將我養大。家父是一位房仲業務，因為個性少言寡語，想必房仲業務的工作做得很辛苦。可能就是這個緣故，他幾乎每天晚上都喝酒。明明是當房仲業務，卻怎麼也沒辦法有自己的家。也許他就是氣這件事，才借酒澆愁。總之，替家父到附近的酒舖買酒，是我從小的工作。感覺好像寫的盡是一些無聊的瑣事，不過，這其實與這次的事有很深的關聯。請您耐著性子看下去。那是我小五或小六那時的冬天發生的事。一個風雪交加的夜晚，晚上九點多時，那天傍晚買回來的酒已喝得一滴不剩的家父，說他還要再喝。我心想，他一定是在公司發生了什麼難過的事，於是我跟他拿了錢，跑到平時常去的那家酒舖。但來到店門口，不管我再怎麼敲門，始終沒人應門。也不知道是沒人在店裡，還是已經睡了，完全沒人應聲。於是我來到四谷的大街上，逛了四、五家酒舖。每家都是同樣的情形，沒人應門。大街上的酒舖，每家店都很大，遠非巷弄裡的店家所能比。而且門口拉下厚厚的鐵捲門，我一個女孩子再怎麼叫喊，他們也聽不見，而且當時寒風呼號。

我拖著沉重的腳步返回公寓，從平時常去的那家酒舖前路過時，我又試著敲了一次店門。要是我空手回家，家父一定會不高興，而更重要的是，我想讓家父有酒喝。要是喝酒可以忘卻難過的事，那就喝個痛快吧。如果是現在，就算會和家父吵架，我也會拿走他手中的酒，但當時我是抱持那樣的想法。而且家父喝的是好酒。每次他喝醉就會有好心情。

但還是一樣沒用。始終沒人出來應門。正當我沮喪的垂落雙肩，準備從酒舖前離去時，一輛黑色轎車停在隔了四、五間房子遠的前方一棟五層樓大樓前。

「怎麼了嗎？」

從車內走出一名男子向我喚道。年約三十歲，身材高大。我向他說明情況後，他回了一句「妳等我一下哦」，就此走進那棟大樓，接著馬上拎著一瓶酒走出。

「這瓶送妳。是秋田的酒。因為比較烈，所以愛喝酒的人應該會愛不釋手。」

我不想**白白收人東西**，所以我遞出手中的錢。對方卻說：

「這裡是秋田釀酒『花山』的東京事務所。在東京販售的花山，會先送來這裡。然後再從這裡運往花山的直營酒館或百貨公司。所以這裡有多到數不清的花山。妳不用放在心上。」

說完他便走進大樓裡。替家父拿到了酒，我開心極了，在風雪中蹦蹦跳跳地回到公寓裡，家父喝了花山後，似乎很喜歡。

「以後就都買花山吧。拜託妳了，美保子。」

他以不太靈光的舌頭如此說道，眉開眼笑。

隔天早上，在上學的途中，我順道去了花山大樓一趟。大樓的一樓擺了十多張桌子，一早到公司上班的幾位辦事員，有的在整理帳單，有的在喝茶，有的在看報。

「昨晚九點多，有一位個子高高，約三十歲左右的男性搭一輛黑色轎車回到這裡，我想見他。」

我開口請託後，其中一名辦事員回答道：

「妳說的應該是執行董事吧，請等一下。」

他就此走上二樓。不久，昨晚那名男子嘴裡叼著牙刷，穿著一身睡衣，就此來到我面前。我為昨晚的事向他道謝，接著問他，要去哪兒才能買到花山，結果他回答道：

「只要去銀座、澀谷、神田、日本橋、新宿、池袋、中目黑的花山直營酒館就能買到。還有，東京的知名百貨公司也都有販售。不過，妳為什麼跑來問這件事呢？啊哈，原來如此，妳爸爸很喜歡花山對吧。」

「是的，他說今後非花山不喝。」

「那是我們的榮幸。不過，像妳這樣的小女孩，每天都要到新宿或神田一帶買酒，也太辛苦了。好，就這麼辦吧。只要妳想買花山，隨時都可以到這裡來。用八折價賣妳就行了。不過，還是要請妳不時去光顧先前那幾家酒舖，否則花山會招人怨恨。」

從那時候起，一直到去年秋天，家父因長年喝酒而罹患胰臟炎倒下為止，我平均每兩、三天一次，都會到花山大樓買酒。一年當中只有三、四次會遇見那位執行董事。後來我逐漸明白，這位執行董事負責秋田的釀酒工廠，而東京事務所則是交由他當常務董事的弟弟掌管，這就是花山酒造股份有限公司的體制。所以我才很少遇見這位執行董事。

因為家父那樣的情況，所以我上高中後，也很努力地在外打工。曾在四谷大街一家名叫「樹小子」的餐館以及名叫「滿留賀」的蕎麥麵店打工。不過，這幾家店我都過沒多久就待不下去了。

因為家父開始跑來店裡預支我的薪水，拿去買酒喝，引發店家反感。所以當老師您安排我在高中幫忙處理函授部門的事務時，我鬆了口氣。因為再怎麼說，學校裡也不會擺酒。我不用擔心家父會跑到學校來。

從那之後，老師應該就很清楚我的事才對。成為函授部門的辦事員後，我馬上改為定時制。而在去年春天，我從定時制畢業，直接成為函授部門的正式員工。老師邀我一起去看電影，到後樂園看棒球比賽，當時的我真的好幸福。

到了去年秋天，對了，正好是十月十日體育日，那天有運動會，從傍晚起，在禮堂召開慶功宴。由於家父從幾天前開始出了點狀況，所以慶功宴開始沒多久，我便離開了會場。正準備從鞋櫃裡拿出我的鞋子時，發現鞋子上面放了老師您寫的信。上面寫著「今後我想以結婚為前提和妳交往。我喜歡妳」。從看完您的信，到我返回四谷的公寓，這四十分鐘的時間裡，是我這一生中最幸福的時光。

在公寓裡，家父痛苦地翻滾。他因為痛苦難受而用指甲搔抓拉扯，使得榻榻米連邊角都起了毛邊。事後我從醫生那裡聽說，膽結石潰瘍破裂時的疼痛和胰臟炎的疼痛，堪稱是疼痛界的雙橫綱，不過，家父當時的確面目猙獰，我甚至一度真的相信他變成了惡鬼。

自去年秋天以來，我一直盡可能與老師您保持疏遠，不過，現在您應該能明白個中原因了吧。我也喜歡老師。可是，家父一直和我同住。一個因為不能喝酒而始終感到焦躁，年近半百的男人；只要仰身躺下就會疼痛，所以總是往前彎著腰，蹲在地上喃喃自語，臉色蒼白的男人，而且不時從口中呼出臭氣……就連身為他親生女兒的我都受不了，換作是別人，肯定連一天都撐不下去。我又豈能將這樣的父親硬塞給老師您呢？不過，把家父拋在一旁，自己投入老師您的懷抱……這我也做不到。所以這將近一年的時間，我一直在無法判斷的狀態下過日子。

不過，今年夏天，花山酒造的人突然造訪我住的公寓。正當我納悶是怎麼回事時，對方說出令人意外的話來。

「是執行董事派我來的，可以請您當我們執行董事的夫人嗎？」

對方接著說，執行董事的妻子去年夏天過世。「因此，您是當他的續弦，不過，他與夫人之間沒有孩子，所以這樣和初婚沒什麼兩樣。當然了，執行董事從以前就很欣賞您。這近八年來的時間，我們都以八折的價格賣花山給您，您應該也知道當中的含意。當然了，當時因為有夫人在，所以沒表現出對您的愛意，不過執行董事一直都考量到令尊的事。他說想讓令尊住進秋田縣最好的醫院，盡可能給予照料。執行董事還說，他在秋田市郊外有花山酒造的宿舍以及幾棟房子，等令尊病好了，可以讓他在喜歡的地方調養身子。釀酒工廠與總公司位在從秋田市往東約三十分鐘車程的小鎮上，到時候應該會請您先在秋田市的宿舍住上一個月左右，之後再迎娶您住進總公司所在的市鎮。雖然對您有點抱歉，但這可說是飛上枝頭當鳳凰。請您別說『現在這個時代的女孩，面對這種宛如昭和時代初期的求婚方式，有誰會答應啊』，先好好考慮考慮。我個人也很希望這件事能有個好結果。執行董事也快四十歲了，很需要有孩子來繼承衣缽。就這層意涵來看，您骨架健壯，不過話說回來，人長得美就是吃香。」

我明白，對方當我是生孩子工具，所以才需要我。而且像這種地方上的名門世家，要找個門當戶對的人家，娶千金小姐來當續弦，可不是件容易的事。不過，他願意全面照顧家父，這點很吸引我。

老師，我不知不覺間寫了這麼長一封信。我得和家父搭早上八點零四分從上野開往秋田的「特快車燕一號」，現在已是清晨四點，我也該叫醒家父，請他開始準備了。老師，請原諒我的任性。我從心底誠心祝您幸福。最近我連四天夢到自己上您的英文課。您總是問我「ＬＯＶＥ這個單字的意思是什麼」。每次我做這個夢，總是答不出來，一直呆立原地……再見了。

一九七六年九月三日清晨
長田美保子　謹上

2（印刷文）

高橋忠夫先生大鑒

時值菊花芳香時節，諒必益發康泰，為喜為頌。

此次由金田町町長織田仙三郎夫婦作媒，高左衛門的長男和己與時藏的長女美保子結為連理，於本月十五日，在金田町新山神社舉辦婚禮。望日後仍繼續以厚情相待，形式簡便尚請見諒，請容我們以此方式公布以上消息。

一九七六年十月二十日
橫井川高左衛門
長田時藏　謹上
花山酒造股份有限公司社長

3（印刷文）

高橋忠夫先生大鑒

各位一切安泰如昔，不勝欣喜。

此次我與內人成婚，蒙您道賀祝福，並贈送用心的禮物，心中無限感激。我們會好好珍惜使用。我們有許多不夠周全之處，請您見諒，今後還望不吝賜教。

另外，我們的蜜月旅行來到美國西海岸，在當地買了加州紅酒寄去給您，聊表心意，還望笑納。

時節轉換，請多保重身體，祝您一家和樂安康。

請容我以此簡略的方式道謝及報告近況。

一九七六年十一月一日　横井川和己
美保子　敬上

4（複寫紙複印）

高橋忠夫先生大鑒

前略。家父住院期間，謝謝您經常來信慰問。一度就連醫生也束手無策，我和外子都流下悲嘆的眼淚，但前後動過三次大手術後，沒想到家父就此脫離危機，當我聽到醫生說「已經不會有事了」時，心中的歡喜，想必您也能體會。之後家父日漸康復，在八號那天辦理出院。雖然還沒完全康復，但天氣好的日子，他會來到宿舍的庭院，動手修剪庭院的樹木。請您放心。

此次我寄送當地名產香菇乾禮盒，答謝您的熱心慰問。請笑納。

一九七六年十二月十五日

橫井川和己
美保子　敬上

5（親筆）

高橋忠夫老師尊鑒

新年快樂。這麼快就收到您誠意十足的賀年卡，我已懷抱感恩的心拜讀過了。大家都一切如昔，開心的迎接新年的到來，實在可喜可賀，我也由衷感到歡喜。我們也都平安地度過這一年，請您放心。

上次一別後，已將近半年。我聽說春天時會舉辦一場高中同學會。到時候我想上東京一趟。有許多話想說。敬請期待。

一九七七年元旦　橫井川美保子　敬上

6（複寫紙複印）

同學會總幹事台鑒

謝謝您通知同學會的事。一年一次的聚會中，以前的同學大家聚在一起，盡情地暢談往昔，聊彼此的近況，再也沒有比這更快樂的事了。我也很想出席，但因為我現在已有兩個月的身孕，而且身體狀況不太好。如果硬撐一下，倒也不是沒辦法去，只不過，我丈夫和公公都吩咐我要謹慎小心。所以真的很遺憾，這次的同學會，請恕我無法參加。請代我向大家問候一聲。也請代為向高橋忠夫老師問好。衷心祝福你們有一場熱鬧的盛會。

一九七七年三月三日　橫井川美保子　謹上

7（複寫紙複印）

秋田市中通三─三 酒吧「繪夢」
內藤沙織小姐台鑒

苦思良久後，決定寫信給您。希望您能看完這封信，並回信給我，我自知僭越，但還是向您提出這首次的請求。

看我這麼寫，我想您應該已經察覺。關於您和外子的關係，打從我來到花山後，便隱隱感覺得出來，但我本以為你們不會做出太誇張的事來，例如最近您和外子兩人一同展開四、五天的溫泉之旅，我一直以為他只是一時花心，所以當時我什麼也沒說，沒對外子說出粗俗的嫉妒言語。

我告訴您這些事，您肯定會說，是我自己疏忽，外子才會移情別戀。而且我猜您一定會提出強烈的抗議，說你們彼此是基於理性展開的自由戀愛，沒必要聽我指示。

您說的一點都沒錯，我對外子的愛多少有點疏忽，這或許也是事實。如果您要我自己憑實力和愛情，從您身旁將和己搶回來，我也無話可說。但所謂的家庭，其實不像外人想的那般單純。如果您無論如何都需要我丈夫的話，我為了肚裡的孩子，也非得盡全力讓外子回到我們的家庭來。

您可能會瞧不起我，說我是個低俗的女人，我早已作好這樣的心理準備。我希望您今後能遠離外子。您唯有朝自己未來能生存的道路邁進，真正的幸福才會到來。

抱歉，一直這樣單方面地向您講道理，不過，外子也有錯，是他害您變得這般積極。

我再次向您請求。希望您能趁這個機會下定決心，讓過去的一切化為白紙。我沒考慮您的感受，就只是一味地強迫您接受，說出如此任性的要求，我真的很羞愧，若有不周到之處，請儘管笑我這是沒教養的胡言亂語無妨。靜候回信。

一九七七年四月十八日　橫井川美保子　謹上

8（印刷文）

高橋忠夫先生尊鑒

家父長田時藏，因罹患胰臟癌，於五月六日下午四點三十分，病逝於秋田市千秋久保田町的秋田中央醫院。感謝生前您對他的厚愛，因而通知此事。

喪禮於五月九日舉辦，僅近親參加，還望見諒。

一九七七年五月十一日　橫井川美保子（舊姓長田）　敬上

9（印刷文）

高橋忠夫先生尊鑒

此次蒙您來信弔慰，感激不盡。同時也收到您的禮金，在此由衷致謝。如今回想，經歷了日夜照顧的那段時間後，如今唯一的希望也已斷絕，一度方寸大亂，但現在我只想著要一心為亡父祈冥福。日後仍請您不吝指導。

請容我以此表達謝意。

一九七七年五月十五日　橫井川美保子　敬上

10（印刷文）

高橋忠夫先生尊鑒

關於此次火災，您這麼快就來信慰問，無限感激。所幸眾人皆平安無事，請您放心。幸好那天晚上沒什麼風，所以只有工廠一部分燒毀，便平息了火災。

關於失火原因，目前金田町的警察局和消防署正共同展開調查，但不管怎樣，我方都難辭其咎，我們決定將此次的失火當作很好的教訓，作好萬全的心理準備，不讓類似的遺憾再度發生。抱歉，讓您操心了。感謝您的關心。

請容我以此致謝，並一併報告近況。

橫井川高左衛門　敬上

一九七七年五月三十日　和己

11（親筆）

高橋忠夫老師尊鑒

我今天從金田町立醫院出院。我丈夫情婦的出現、家父過世、工廠怪火等事件接連發生，可能是過於勞心的緣故，造成我流產。我聽公公說，老師在我住院時曾造訪花山的總公司，謝謝您。讓您擔心了，真的很抱歉。我公公當時好像對您說「我們謝絕會客，請回吧」，但其實我的情況沒那麼嚴重。只不過，我似乎再也無法懷孕了。

此外，工廠的縱火犯已經抓到了。是秋田市一位酒店小姐，二十三歲，名叫內藤沙織，聽說就是她縱火。我曾經將自己寫給她的信複印下來，寄給您看，所以您應該猜得出是怎麼回事，好像是因為外子跟她提議分手，她便朝工廠縱火洩憤。我公公和外子都說此事要是被報導出來，將會是橫井川家的恥辱，似乎正極力掩蓋這個消息。

對了，您沒先通知一聲就來到金田町，是有什麼急事要辦嗎？還是說，您看自己以前的學生陸續遭遇許多事，感到擔心呢？如果您有什麼特別的話要告訴我，請馬上回信，我會等您。還有許多事想寫，但因為感到疲憊，連握筆都覺得沉重。請您多多保重。

一九七七年六月十一日　橫井川美保子　敬上

12（印刷文）

高橋忠夫先生尊鑒

人生宴席，總有曲終人散時。

此次，我們因個性不合，經協議後，向家事法院提出離婚申請，於十一月七日受理。這一年來的共同生活就此畫下句點，我們將各自走上不同的人生道路。

這段期間，承蒙各位熱情的指導和勉勵，在此致謝。還望今後仍不吝給予協助。

美保子將改為舊姓長田。

謹此奉達。

一九七七年十一月十日

秋田縣河邊郡金田町一六六六　橫井川知己

仙台市鉤取六－三　原公寓　長田美保子

敬上

13（親筆）

高橋忠夫先生尊鑒

老師，好久不見了。我想，從金田町寄出的那張告知我們離婚消息的明信片應該已經寄達，我因為已無法有孩子，繼續留在橫井川家已沒用處。他們給了我兩百萬的分手費，就此將我逐出金田町。當然了，哭哭啼啼的訴苦，緊纏著不放，也是個方法，但當初家父的事已給他們添了不少麻煩，受過他們的關照，而且這是我自己選擇的道路，講再多喪氣話也無濟於事。十月下旬，我會搬往仙台。一位在秋田的中央醫院很照顧家父的護理師，畢業於仙台國立宮城野醫院的高等護理學院，在她的感化下，我也決心要當一名護理師。我現在才二十一歲，還有足夠的時間可以從頭來過。考試時間是明年春天。所以現在我白天上補習班，晚上在附近的超市當店員，每天都騎著單車四處奔波。

不過話說回來，橫井川家可真是驚人。以前傳承下來的規矩，到現在依舊奉行。包含在工廠從事釀酒工作的工匠在內，員工約有十七人，用餐時全都是用箱膳[15]，而且是依照年資順序，在廚房寬敞的木地板上排列。這裡的廚房一路連往餐廳，而餐廳裡則是橫井川一家的座位，箱膳的擺放順序，在這裡也是固定的，神龕底下坐的是當家高左衛門，再來依序是和己、平右衛門（高左衛門的親弟弟）。女人坐末座，我總是坐在餐廳與廚房的交界處。

更驚人的是家人對外寫信一律都會複印留底的這項家規。鄉下的土豪猜疑心重，為了避免寄出的書信遭人扯後腿，都會保留證據備份。而且有個不成文

15 平時是用來裝餐具的箱子，用餐時，將箱子上蓋反過來，用來擺放飯菜和餐具。

的規定，那就是書信內容一定都以過去的書信備份當範本，因此，我連寫給外子情婦的抗議文，都非得照著大正時代的書信備份來寫不可。那是高左衛門當時包養一名秋田的藝妓時，他的妻子所寫的抗議文，高左衛門要我完全照用。我在抄寫的過程中，覺得自己好蠢。不管是誰寫來的信，一律由當家拆封，這也很令人傻眼，不過，之所以會有這種情況，也許就像中央醫院的那位護理師說的。

「秋田縣和山形縣一樣，是戰前戰後最沒改變的地方。妳看，戰前的大地主，現在都一九七七年了，一樣那麼有錢。」

不過，這些「陳年舊事」已經講得夠多了。為了重新出發，我得努力用功才行。

您要是會到仙台的話，請告訴我一聲。我會帶您參觀這座杜之都[16]。在流經市內的廣瀨川捉到的魚，可以直接擺在餐桌上享用。這裡就是這麼乾淨的市鎮。我想老師您一定也會喜歡。那就祝您一切康泰了。有空的話再回信給我。

一九七七年十一月十日　長田美保子　敬上

此外，②到⑫這十一封信，全是引用自左邊的書籍。**就連⑦那封信也是。**
在此列出書名，表達感謝之意。
平山城兒《新版書信寫法》大泉書店
武部良明《社交書信寫法》大泉書店
加藤一郎《新式書信文寫法》梧桐書院
古田夏子《模範女性書信文寫法》梧桐書院
加藤卓郎《現代書信文寫法》梧桐書院
勝田淳二《書信文的桌上辭典》日本文藝社
安藤靜夫《書信新百科》日東書院
小松美保子《書信高手》實業之日本社
光明靜夫《新書信百科》新星出版社
津田幹《好的書信寫法》鶴書房
入江德朗《新的書信文例集》有紀書房
文化生活研究會《書信與問候的日常事典》博文社

16 杜之都是仙台的另一個稱呼。

養父

1

甲田總吉先生膝下

爸，日本放送協會收款員的工作做得如何？之前你是小學校長，說起來算是地方上的名士。你的名字和長相，鎮上無人不曉，路上只要遇到人，大家都會向你問候，低頭行禮。你屆齡退休後，馬上便當起收電視費的收款員，現在換你一遇到人就向對方彎腰鞠躬，四處奔波。想必和過去的情況截然不同，會遭遇很多痛苦的事對吧。不過，我覺得爸爸你好偉大，心裡很吃驚。家裡有清子姊姊和姊夫在，兩人都擔任教師。所以照理來說，爸爸應該可以過著輕鬆的退休生活才對。種種盆栽，參加鎮上的俳句會，只要你想過這樣的生活，應該都不成問題。但你卻悍然拒絕這樣的「悠哉餘生」，真的很了不起。

你還有精力工作，這教人替你高興。你有勇敢邁向人生的堅韌，這實在了不起。收款的工作，每天要走上十公里，甚至是二十公里。你腰腿益發得到鍛鍊，這應該會有助於你的長壽。我對此很高興。爸爸沒因為媽媽過世而意志消沉，依舊振作努力，真的很佩服。

對了，我在前一封信裡寫道，您可以不必再為我寄學費和生活費來，我會靠自己的才能想辦法賺錢，所以請不必替我擔心。但今天我回到公寓後發現，您用電報匯款匯了七萬日圓給我。我好高興，但同時也很為難。為了賺這七萬日圓，爸爸得走上幾十家，不，是幾百家，才能賺到這筆錢呢？一想到這點，就不禁流下淚來。請不要再匯錢給我了。你自己賺的錢，請留著自己用吧。下次我會匯回去給你。這次我就抱持感謝的心收下了。

……之所以說得這麼堅決，其實是有原因的。從兩個星期前，我開始在新宿一家酒吧工作。前些日子的某個下午，我到新宿去買書，剛好路過歌舞伎町，結果闖進一處像迷宮般的奇怪地方。那裡是ＫＯＭＡ劇場後面，就算迷路，只要抬頭看，不管從哪裡都看得到ＫＯＭＡ劇場。所以也不算是什麼多複雜的迷宮，但一開始我真的有點緊張。我心想，該怎麼走才能走到來時的大路上呢，就此朝ＫＯＭＡ劇場的高牆走去，結果看到一條大路出現在前方。我鬆了口氣，就此停下腳步，以手帕輕拍鼻子兩旁的汗水，這時，我發現眼前酒吧的店門上貼著一張紙，上頭寫著「徵求能在吧檯內幫我忙的女性」。

這句子有點古怪。所以我心裡覺得納悶，盯著它瞧。不久，店門開啟，一名二十七、八歲的女子手持棕櫚掃把和畚箕走出。她一見到我，便對我咧嘴一笑，朝我喚道：

「來，進來吧。我好不容易剛打掃完。我們到裡面談薪資吧。」

她似乎誤以為我是看了門上的傳單，正猶豫要不要進店裡的應徵者。如果是平時的我，應該會回她一句「妳誤會了。我只是剛好站在妳店門前而已」，但那名女子給人的感覺不錯，有股開朗、迷人的氣質。她有一張瓜子臉，未施脂粉。穿著牛仔褲搭白色女性襯衫，給人潔淨的印象，而且看起來很溫柔……於是我走進店內，決定傍晚六點到十二點這段時間要在吧檯內幫她的忙。她說六小時會給我三千六百日圓的工資。也就是說，一個月有將近十萬日圓的收入保障。所以我才會在前一封信裡提到，不需要再匯錢給我了。

雖然是在酒吧工作，但請不必替我擔心。可能是因為老闆娘人品的緣故，這裡的客人素質都很好（她名叫秋子），絕對不會跟客人胡來。客人也都很明白這點，所以完全不會期待這裡提供情色服務。大多都是客人之間在高談闊論，所以感覺既輕鬆，又能學到不少知識），所以您真的可以放心。店裡的客人幾乎都是常客。有五位編輯、三位大學生、兩位採訪記者，大概就像這樣。另外，一些作家也常來光顧。我開始在店裡工作的第一天，中野慶一郎大師就帶著弟子一同前來。喏，就是那位推理小說家中野慶一郎啊。大師寫的小說，您應該也看過兩、三本才對。他本人看起來比照片還矮得多，令人吃驚。不過，本人的魅力比照片強上數十倍。他的弟子名叫藤木英夫，是位沒有名氣的文學青年。他說自己向來都是奉中野老師的吩咐，去圖書館查資料、逛神田的舊書店，有時還會代替老師去採訪。帶著小型相機，到指定的市街、名勝古蹟、城池，拍攝照片。大師會看這些照片來描寫風景。也就是說，大師根本沒空自己出門採訪取材，可見他有多紅。這話聽起來像在諷刺。

藤木先生右手的中指因長期握筆而長了顆很大的繭，摸起來像石頭一樣硬。他寫了那麼多字，都長出繭來，卻還是沒沒無聞，真是辛苦，令人同情。中野老師說過：

「這小子有他自己的文體，但他的構想沒有亮點，內容也欠缺結構性，這些是他的問題所在。」

藤木先生似乎個性很內向，一句話也沒反駁，就只是望著地面點著頭，我覺得藤木先生有點可憐。

就這樣，我找到了自力更生的道路。與大學的文學院教室相比，這家只有四坪大，只要一次來十名客人就無法動彈的「ＬＡＲＧＯ」（這是酒吧的名字），反而有更濃厚的文學氣氛。秋子媽媽桑住的大樓和我住的公寓，碰巧在同一個方向，我們都一起回去。所以你一點都不需要擔心。爸，你要多多保重身體。也請幫我跟姊姊們說一聲，不必替我擔心。

四月二十八日　甲田和子　叩上

2

父親大人膝下

謝謝你的來信。不過，爸爸可真是千里眼啊。為什麼知道我對中野大師的弟子——立志當作家的青年藤木英夫先生有好感呢？是因為我在前一封信中曾提及藤木先生嗎？

既然被你看穿了，那我再瞞下去也沒用了。打從我觸摸過藤木先生手上的繭，我便喜歡上他了。不，說「喜歡」並不正確。而是感覺到這是冥冥中注定的命運。

（他今年明明才二十四、五歲，手指上卻長出像大豆般大小的繭，一定是付出相當的努力。我不知道他有沒有才能，但這個人的努力，應該能創造出一、兩部傑出的作品才對。如果我能幫得上他的忙就好了。）

我心裡這麼想。就算我從女子大的國文系畢業，頂多也只有在談婚事時能拿出畢業證書來炫耀罷了。相較之下，還不如將這種敷衍含混的**求學**擱向一旁，成為這個人的助力，這樣反而還離「文學」比較近。這樣說或許不太合理，但我心中響起這樣的聲音。

前不久，我親眼看到藤木先生被中野大師痛罵一頓。

「藤木，你最近找到什麼好題材嗎？」

在中野大師的詢問下，他回答說，他對文化文政時期江戶日本橋的大型砂糖店做了一番調查。聽說當時日本橋有家店的屋號正好就叫「砂糖屋」，販售一種名叫砂糖丸的昂貴藥物。那是以砂糖糖衣包覆高麗人參粉的小藥丸，在貝殼裡一次裝入十顆，要價一分金[17]。他還補上一句，說他想用這砂糖丸來設計詭計，寫推理小說。結果中野大師突然朝吧檯用力一拍，大聲咆哮。

「笨蛋，要我說幾遍你才懂。憑你的力量，還沒辦法寫時代劇推理小說。一個沒弄好，就寫成了四不像的捕物帖了。再說了，最近的讀者對時代小說敬

17 江戶時代的幣值單位，為四分之一兩。

而遠之。所以要先從現代小說寫起。說什麼砂糖屋，你這個蠢蛋。」

中野大師將杯裡的酒潑向他臉上，就此離去。當時大師確實喝醉了。但不管喝得再醉，這麼做也太過分了。別人想用什麼題材，寫何種小說，那是別人的自由，隨他去不就好了嗎？不過，那個人完全沒辯解，就只是低著頭。

（再這樣下去，這個人什麼也寫不出來。）

我有這樣的直覺。

（在大師面前一再萎縮，最後什麼也寫不出來，就此結束。就算是了無新意的點子，也需要有人在一旁附和「這很有趣呢」、「真棒」、「你就寫寫看嘛」，加以誇讚。雖然這樣說有點難聽，不過，他就需要有人在背後推他一把。）

我決定要扮演這個角色。那天晚上，我送藤木先生回公寓。隔天我直接從藤木先生的公寓前往「ＬＡＲＧＯ」工作。我打算這幾天要搬離我現在住的公寓。

五月十五日　和子　叩上

3

父親大人膝下

謝謝你。我也沒事先和你商量一聲，就自己搬進男人的公寓裡，你卻只是說一句「這也是沒辦法的事。總之，妳好好努力吧」，認同我這樣的任性行徑。我很感謝。英夫先生寫的信，應該也同時抵達了才對。請不要把信撕了，耐著性子看完信吧。

我從一週前開始在歌舞伎町的一家咖啡廳當女服務生。工作時間是中午到傍晚六點，工資五千日圓。所以連同在「ＬＡＲＧＯ」的薪水一起合計的話，一個月應該能賺二十四、五萬日圓，還挺厲害的吧。而英夫先生每個月也能從中野大師那裡領到七、八萬的工錢，所以勉強還過得去。明明一個月有三十多萬圓的收入，卻還說「勉強過得去」，感覺好像很奢侈，其實是因為英夫先生常得買書。

最近我們常在這樣的時間分配下生活。

上午十點起床。我做兩份便當，一份是英夫先生的晚餐，另一份是我的晚餐。吃完早餐後，已來到上午十一點，我們一同出門。英夫先生去中野大師家，我去咖啡廳。

下午六點，英夫先生回公寓，吃完晚餐的便當後，著手寫參加江戶川亂步賞的推理小說。我則是到「ＬＡＲＧＯ」才吃便當。

晚上十二點，我從「ＬＡＲＧＯ」回公寓。從新宿到公寓約三十分鐘，一回家我馬上準備宵夜。不過，有時候英夫先生會先做好菜等我。不過，這好像都是他腸枯思竭的時候。所以就算他已做好菜等我，我也高興不起來。

半夜兩點就寢。

對了，關於英夫先生現在寫的推理小說，點子很特別。書名叫《養父》。我告訴你故事大綱吧。不過，在這部小說正式發表前，請千萬別跟任何人透露哦。因為這點子要是被人盜用的話，英夫先生恐怕會因為過度絕望而自殺。

主角是一名推理小說家，而且是相當於中野大師那種水準的流行作家，名叫新堂恆三。由於新堂膝下無子，所以約莫在十五年前，在妻子的同意下，從某個養護機構領養了一位當時十歲的少女，少女名叫奈美。

奈美十二歲時，新堂的妻子病逝，之後新堂便獨力養大奈美。他的努力有了結果，奈美很快便長得亭亭玉立。新堂從他工作往來的出版社裡相中一位工作認真、心地善良的青年，向奈美建議道：

「可以試著和那位青年交往看看……」

但奈美對這項提議一點都不感興趣。

「我想永遠住在家裡陪伴爸爸，我終生不嫁。再說了，我要是結婚，誰來照顧你的生活起居呢？」

她如此說道，始終陪在新堂身旁，如影隨形。

……以我這種三流的文筆，實在無法交代清楚。英夫先生目前就寫到這裡，營造出很好的氣氛。新堂和奈美名義上是父女，但漸漸的，他們開始意識到對方是異性。是父女，同時也是愛人的兩人，在那座大房子裡低調地生活。既幸福，又苦悶。那詭異的氣氛很出色。女性讀者光看開頭這幾章，一定就會看得渾身發抖。

那我就繼續往下說吧。

新堂入夜後，一定會備受誘惑，很想前去敲奈美寢室的門。但每次他都告訴自己「我已經是快六十歲的人了，已即將步入棺材。就算和奈美結婚，也不確定能否給她幸福。而且，我可能再過不到二十年就會辭世而去。我的愛，恐怕只會讓她更加受苦吧」，就此勉強踩下煞車。

奈美二十五歲那年，新堂在採訪的地點認識一名青年技師。此人工作能幹，個性開朗。新堂認為能將奈美的未來託付給他。新堂對此深信不疑，態度強硬地談妥兩人的婚事。起初奈美還不太情願，但是看新堂對這樁婚事如此熱中，於是便同意與青年結婚，當自己是在回報養父的恩情。

眼看明天就是奈美的婚禮了。前一天晚上，新堂遲遲無法入眠，回想著收養奈美後，這十五年來發生的一切。這時，他的房門突然開啟，穿著一身睡衣的奈美走進房內。她對一臉驚訝的新堂說：

「是您將奈美養大。請讓我成為能獨當一面的女兒，讓我成為真正的女人……」

說什麼推理小說？寫的盡是奇奇怪怪的愛情羅曼史，根本就沒有殺人劇情嘛。爸，你肯定會這麼想，而感到焦躁不已。請先別急，故事才正要開始。

婚禮結束後，奈美他們在舉辦婚宴的飯店度過新婚的初夜，新堂與他們告別後，回到家中，但沒有奈美在的家中無比冷清。於是新堂來到新宿，坐上火車，準備展開一場漫無目的的感傷之旅。隔天一早，在新潟車站附近的一間餐館，新堂望著電視，見字幕上打出「新婚丈夫遭殺害，新娘神秘失蹤」這行字，他大吃一驚。聽新聞播報員描述，真相如下。前一天晚上十點左右，客房服務的女服務生拿著飲料前來，敲了敲奈美他們住宿的客房房門時，聽見房內傳來呻吟聲。後來用備用鑰匙開門進入，發現那名技師倒臥在浴室裡，被剃刀之類的利刃劃破喉嚨，已經斷氣。房裡不見奈美的身影。警方認定奈美有嫌疑，正追查其行蹤……

新堂馬上下定決心，要聲稱自己就是殺害技師的兇手。該寫的書，他幾乎都寫完了。自己的未來就只剩老邁的餘生。既然這樣，那就當奈美的替身吧。既然是奈美所為，肯定有她的理由，不過，奈美一旦被捕，至少也得過上七年的牢獄生活。這樣的話，奈美實在太可憐了。

於是新堂打算返回東京，但他卻面臨棘手的問題。就算他絞盡腦汁捏造動機，但在犯案的時刻，他人在火車上，有不在場證明。**為了掩蓋奈美的罪行，他非推翻自己的不在場證明不可**。新堂一回到東京，馬上展開各項操作，以推翻自己的不在場證明，並向警方自首。而另一方面，警方並不相信新堂的供詞。他們始終都認為奈美才是真正的兇手。於是他們一面追查奈美，一面想要證明新堂有不在場證明。

爸，如何？很棒的點子對吧？以往的推理小說，警方為了推翻兇手的不在場證明而四處奔走，這已是慣用手法對吧？但在英夫先生的這部《養父》中，警方則是極力想證明他的不在場證明。我認為這本書一定能拿下江戶川亂步賞。

不，不是認為，而是堅信。之後故事還會出現大翻轉，不過我已經寫到手腕痛了。至於英夫先生準備了怎樣的翻轉劇情，故事又是如何巧妙的翻轉，就等這部小說得獎，由講談社出書後，你再自己看吧。

我現在都禁茶。我已下定決心，在英夫先生完稿前，不管再怎麼難受，我都一概不喝茶。請你自己多保重。

六月一日　和子　叩上

4

父親大人膝下

爸，和子現在好想死。

今晚，英夫先生陪同中野大師來到「ＬＡＲＧＯ」。中野大師喝醉了。他一坐向吧檯前，便語帶諷刺的對英夫先生說：

「我聽說有個很看好你，已先把你訂下，個性很急的女人，就在這附近對吧。」

英夫先生臉色微微一變，但他的個性使然，什麼也沒說，就只是沉聲低吼。

「為什麼我說那個女人個性很急呢？因為你現在寫的那本書名叫《養父》的小說，大概是無緣見天日了。」

我心想，英夫先生真的是脾氣太好。就算對方是他的老師，也不該將自己的點子告訴他啊。

「為什麼你的《養父》無緣見天日呢？這小說的構想確實不錯。不過，你這算是老調重彈。印象中，我好像在哪兒看過同樣構想的推理小說。」

「可是……」

難得英夫先生會想反駁中野大師。

「我有自信，目前還沒人用過這個點子。」

「不，英國的安德魯·加夫（Andrew Garve）有類似的作品。」

「我、我自認已看過加夫的所有作品……」

「笨蛋，你就是這樣才沒用。加夫有尚未翻譯過的作品，我是直接看英文原文。你也別老是追在女人的屁股後面跑，要稍微學著用原文來看海外的作品。」

「……」

英夫先生蜷縮著身子。

「中野大師，英夫先生的點子也不是完全都和那位英國作家一樣吧？」

我代替英夫先生回嘴。

「是有很大的不同。」

「既然是這樣，請您就別給意見，讓他寫完這部小說吧。拜託您了。英夫先生有他自己的寫法，想必他會寫出一部很不一樣的作品。」

「不過，警方傾注全力要證明自首的人有不在場證明，這個基本的構想很相似。這樣就不值一提了。」

「可是……」

「我說……」

中野大師雙眼定住不動。

「那個很看好藤木的人就是妳對吧。哼，我很同情妳。這傢伙再繼續這樣下去，絕對寫不出什麼像樣的作品。為了妳好，妳還是趁早離開他吧。」

真想殺了這個男人。我當時腦中閃過這個念頭。今晚我和英夫先生一起回到公寓，但英夫先生始終沉默不語。我感到既難受，又可悲，所以才跟爸爸發牢騷。抱歉。

六月十日　和子　叩上

5

父親大人膝下

爸，這封信寄達時，想必電視、報紙、週刊雜誌上已吵得沸沸揚揚，讓人耳根子無法清靜。發生大事了。中野大師遭人殺害了。現在是凌晨四點，不過就在三個小時前的一點左右，中野大師在書房工作時，遭某人從背後持利刃割斷喉嚨。我知道，這個「某人」就是英夫先生。

我只寫要點。被中野大師指出《養父》的點子與英國作家的小說很雷同的那天晚上，情況還沒那麼嚴重，但過了幾天後，英夫先生開始變得不太對勁。會突然暗自啜泣、在浴衣外面套上長褲外出、倒著拿書大聲朗讀。而三天前的晚上，我懶得自己準備宵夜，所以就到附近一家小酒館吃義大利麵。當時我嚇了一大跳，因為他突然用手抓麵來吃，而且還把麵條放在自己頭上，唱起了「O Sole Mio」。我帶他回公寓後，他又恢復平時的模樣，所以這事也就這麼擱下了，但我現在很後悔，當時為什麼沒馬上帶英夫先生去看精神科醫生呢。

今晚我和平時一樣，十二點半回到公寓。英夫先生不在家。這種情形還是第一次發生，所以我很擔心，根本無心準備宵夜。我一直站在公寓大門口等候，直到凌晨三點多。但英夫先生還是沒回來。我邊哭邊走進屋內，發現門沒鎖。悄悄打開門一看，發現英夫先生站在流理台前沖洗美工刀。英夫先生都是用美工刀削鉛筆。

「你剛才是跑哪兒去了？人家很擔心你耶。」

聽我這樣詢問，英夫先生回答：

「我去散步……我是從太平梯走上來的。剛才要是從大門口走進來就好了。」

說完馬上便鑽進了被窩。這時，管理員太太板著臉走來。「你們的電話。因為對方的聲音很慌張，所以我才幫你們轉接，下不為例哦。」是中野大師的夫人打來的。夫人告知中野大師遭遇可怕的事故，要我馬上叫英夫先生過去一趟。我叫醒英夫先生，送他出門後，便開始在屋內搜尋。結果從壁櫥角落找出一條沾血的毛巾。這一定是用來包裹美工刀用的。

爸，我說完了。請將這封信燒毀。

六月十九日凌晨　和子　叩上

6

甲田總吉先生膝下

昨天一整天，我都待在警局裡。而今天一整天，我都在秋子媽媽桑的大樓住家裡靜養。想必你已從電視報導上得知，英夫先生幾乎已被當作是唯一嫌犯。只要找到兇器，就能決定一切。但兇器至今仍未被發現，是我藏起來了。我用剪刀將毛巾剪碎，混進坐墊的棉花裡。本想沖進馬桶裡，但要是造成馬桶堵塞可就麻煩了，所以我才想到將它混進坐墊的棉花裡。美工刀則是將《森銑三著作集》第一卷的頁面鏤空，埋進裡頭，擺在書架上。（趁還沒忘記前先寫下，請記得燒掉這封信。）

對了，爸，我已知道英夫先生為什麼要殺害中野大師了。並不是因為中野大師瞧不起《養父》一書。剛才秋子媽媽桑遞給我一封信，對我說：

「店裡收到一封信，收信人是寫妳的名字。」

上面沒寫寄件人的名字。但我看到信封上寫的字之後，心臟幾乎都快停了。那是英夫先生的字。我看完書信內容後，馬上便將它燒毀，內文如下。

和子，我並沒瘋。我只是裝瘋罷了。那麼，為什麼我要裝瘋呢？

「事件發生時，被告並非處在能對自己的行為負責的精神狀態下」，一切都是為了給人這樣的印象。一旦成功，我就能無罪。我也想過要謀殺，但這樣反而危險。於是我決定反向操作。

我之所以決定要殺了大師，是因為大師在「LARGO」對妳大吼之後，過了幾天，他突然對我說「藤木，關於《養父》那本書，就由我來寫吧。」他說《養父》的點子是老調重彈，外國也有類似的作品，百般鄙視，讓我失去繼續寫下去的動力，如今言猶在耳，他竟然又改口說「由我來寫吧，這點子我收下了」，未免太過分了吧。

我不知道國外是否有類似的點子，但我對這本書賭上了一切。如果被他搶走，我就再也沒有未來了。於是我心想，好吧，既然大師要用這麼卑劣的做法阻斷我的未來，那我也要用卑劣的手段結束大師的未來。不可原諒。

將這封信寄往「LARGO」後，我打算要偷偷潛入大師的書房。

等獲判無罪，在精神醫院待上四、五年後，我一定會回到妳身旁。希望妳能等我。記得把這封信燒毀，英夫。

爸，看著這封信，我無論如何也要幫助英夫先生完成《養父》這本書。於是我想到一個點子。這麼做會對爸爸和姊姊帶來無法想像的麻煩事，但這是我最後的任性，請接受我的請求。

我有殺害中野老師的動機，同時也有兇器和染血的毛巾。這麼一來，我就能代替英夫先生成為殺害中野大師的真正兇手。秋子媽媽桑的老家在信州的飯田市，我近日會去一趟。然後從那裡寫一封信給你，在信中供出一切。而信的最後，我會寫「……在招認一切的此刻，我即將展開生命終結之旅。決定不帶食物在身上，走進山中，就此餓死。請不要找我」，以這樣的文章來做結尾。

爸，到時候請馬上帶著這封信去警局。只要我在山中遊蕩時被逮捕，我應該就會被送上法院了。不過，這樣就行了。只要英夫先生能獲救，寫完《養父》這部小說，一切都值得了……再見了。

六月二十日　甲田和子　叩上

7

爸，你看過今天早上的朝日新聞了嗎？老天爺真的很愛捉弄人，做了一個令人難以置信的惡作劇。我為了去信州飯田而前往新宿時，在車站內的商店買了朝日新聞。當我坐在月台的長椅上看著社會版時，「中野慶一郎的遺作引發風波」的斗大標題映入我眼中。仔細一看，這篇報導內容提到，中野大師是在《推理同人》這份同人誌的委託下寫下這部遺作，但現在各家商業雜誌都高喊著「也讓我們刊登」、「我們也要」，相互爭奪。不過，問題出在當中的一段描述。

「……此外，**成為中野大師遺作的隨筆，標題為『砂糖屋』，是以江戶後期日本橋的砂糖屋為背景，只有五張半稿紙的小品文。**」

爸，英夫先生將「砂糖屋」誤聽成是「養父」了[18]。我該怎麼辦？爸……

18 砂糖屋的日文為「さとうや」，而養父的日文為「里親」（さとおや），音很相近。

泥和雪

1

津野真佐子小姐惠鑒

到底該不該寄這封信給您，其實我思考良久。之所以這麼說，是因為之前我一度也曾寫信給您，結果得到慘痛的教訓，您還記得當時的事嗎？

距今二十五年前，我是仙台市某縣立高中的高三生。宮城縣是個很奇怪的地方，男女在不同學校就讀，明明國小、國中都男女同校，但高中卻分成男校和女校，涇渭分明。聽說現在還是如此，真令人傻眼，不過此事姑且不談，當時我從仙台北邊的市郊到位於東南市郊的縣立男子高中就讀。我們那所高中附近有縣立女子高中，是才女薈萃的知名高中，不過，每次來到女校前面，我就會緊張不已，靜不下來。那些覺得自己的特色就是粗獷的人，會拖著厚齒的高腳木屐行走，發出清亮的聲響；而功課好的人，則是會突然從書包裡取出單字本，模仿起二宮金次郎[19]來；而自詡是泡妞高手的人，則會以低俗的聲音對走進校門的女高中生吆喝（您的丈夫津野應該就是這種類型吧）；至於沒半點特色的平凡學生（像我就是），則是紅著臉快步通過……在那所女子高中那一帶，每天早上幾乎都上演這樣的光景。

某天，我愛上了其中一名女高中生。每到冬天，那名女生就會用紅黑兩色格子圖案的厚質地三角巾包住白皙的臉蛋，走路上學，所以我們男生都用「三角巾」的綽號叫她，但不知從什麼時候起，我對三角巾變得無比著迷。雖說著迷，但當然只是我自己在單相思，巧妙控制出門的時間和走路的速度，想在途中和三角巾一起走，**僅止於此**。

那是冬天的某個星期天發生的事，我在鬧街的書店偶遇三角巾。她不同於平時穿制服的模樣，看起來很成熟，美得教人喘不過氣來。而且她一看到我，還對我嫣然一笑。事後我才知道，那似乎是我自己誤會了，但當時她看起來就像在對我笑。我就此熱情噴發，當天晚上作廢了好幾張信紙，最後終於完成了一封情書。內容大致是說「我日後想當一名貿易商，除了學英文外，也學德語和法語，您如果不嫌棄的話，請和我交往。我想知道您的名字和住址。請回信到我這裡所寫的地址」。幾天後的某個早上，在上學的途中，我找到機會和三角巾並肩而行，鼓足了勇氣遞出這封信。結果三角巾用兩根手指拿起那封信，

19 二宮尊德，江戶後期的農政家、思想家。很多日本小學都會有他背著薪柴看書的人像。

就像拈起什麼髒抹布似的，不發一語地將它拋開。接著用她長靴的腳跟，朝落在泥巴雪地上的那封信踩了好幾腳，然後跑進校門內。

不久，畢業典禮到來，典禮後，大家在學校附近的麵店二樓圍在老師身邊，舉辦謝師宴，那時候津野嘻皮笑臉地來到身旁對我說：

「我最近和一位叫船山真佐子的女學生交往，不久前，你好像還想遞情書給她對吧。」

我就此又羞紅了臉，如何，想起來了嗎？那位踐踏我寫的信，綽號三角巾的女學生，就是您。

話說回來，我提筆寫這封信，並不是為了陳述二十五年前積累的怨恨。是因為胸中洋溢一股懷舊之情，讓我寫下這封信。不久前，在仙台舉辦了一場同學會。我因為工作的關係（其實一年的時間裡，有一半都在國外），一次也沒參加過，不過這次第一次參加，非常愉快。我一整天下來喝得酩酊大醉，不過當時我遇見津野，就此很自然地想起了您。津野發牢騷道：

「我和我老婆處得不好。」

也不知是真是假。他這個人常會故意使壞，所以他說的話不能照單全收。不小心寫了這麼多言不及義的事。我另外寄了一份巴黎愛馬仕的皮革封面筆記本給您。那是我經營的一家文具進口商的商品，都會批貨給三越總店或西武ＰＩＳＡ等店。敬請笑納。還有，您如果肯回信的話，請寄到信封上寫的地址「港區赤坂三—十二—八　有信大樓內　佐伯商會」。我至今仍舊單身，就在事務所內的某個角落起居。在久我山另外有一間房子。在此祝您身體健康。

九月十一日　佐伯孝之　謹上

2

佐伯孝之先生惠鑒

謝謝您的來信。很抱歉，我不記得曾經收過您的情書。我自己這樣說有點奇怪，不過我當時可能是因為膚色白皙比較亮眼吧，每天都老收到情書。光是高中時代收到的情書可能就超過上百封。要一一都記得，實在有困難。如果不是常收到情書的話，我大概就把您寫的情書帶回家看，不過，我高三那年很壞，收到信之後，一定是當場撕信或是丟棄。外子津野可能就是看出這點，才都不寫信，改用開口追求的方式。所以我才會想試著和他交往看看。我從宮城學院短大畢業後不久，便和他結婚。當時外子在東京中野的一家小建設公司上班。他在十五年前自立門戶，開了一家建設公司，現在除了建設公司外，名下還有負責鋪路工程的公司。建設公司好像經營得不太順利，不過鋪路公司則是一帆風順。外子好像跟您說「我和我老婆處得不好」，但我完全沒這種感覺。

謝謝您送的愛馬仕筆記本。黑色的小牛皮，而且是純手工縫製，相當精緻。我會好好愛惜的。

九月十四日　津野真佐子　謹上

3

津野真佐子小姐惠鑒

津野說「我和我老婆處得不好」，我直接將這句話寫進信中，似乎讓您覺得掃興。如果惹您不悅，在此鄭重向您道歉。總之，我很在意您。

我們有位同學名叫佐藤信太郎，現在是一位商社員工。佐藤和津野交情很好，我記得他曾到過府上四、五次。佐藤說：

「津野的太太真佐子實在很可憐。」

因為津野常在外拈花惹草。佐藤說這件事您也知道，所以我才在這裡提到，津野似乎有個交往十年的情婦。他對公司裡的女辦事員下手，那也就算了，但他卻深陷其中，遲遲無法和對方撇清關係。別說撇清關係了，聽說他甚至讓那名女子掌管建設公司和鋪路公司的帳本和金庫，儼然一副女社長之姿。佐藤很生氣地說，一個四十歲的男人，被一個二十七、八歲的女人頤指氣使，津野這傢伙也太不像樣了吧。如果這是事實，那也太慘了。

您是三角巾，我們男高中生迷戀的對象，可說是我們的女神。我不容許女神遭受這種對待。我打算近日和佐藤一起找津野出來，說他幾句。

津野的鋪路公司似乎經營得有聲有色，我替他高興。我的公司最近也在日圓上漲的強力助攻下，業績蒸蒸日上，原本公司是五名員工，現在也增加為七人了。到巴黎出差採買 Dior 文具的員工，不久前剛回來。我另外寄送 Dior 的原子筆給您。這是附上四道腰帶，設計感十足的傑作，預定由銀座的伊東屋文具店販售。如果日後需要換筆芯，請儘管跟我說一聲，不用客氣。我會馬上寄去給您。請多保重。

九月十八日　佐伯孝之　謹上

4

佐伯孝之先生惠鑒

久未問候，尚請見諒。您寄來的Dior原子筆非常方便好用，我很愛惜。書寫滑順這樣的形容，彷彿就是專為這種筆而設，而且也不會有墨漬，真的很開心。

外子已許久沒返家，昨晚終於回到家中。外子沒回家的日子，我都會在日曆上做記號。照日曆上的紀錄來看，外子竟然已有二十七天沒回家了。既然這樣，我就全部跟你說了吧，平時外子是住在四谷若葉町的一棟大樓裡。和那位名叫水原友子的女辦事員同居。雖然很不情願這麼說，但對方是個美人胚子，而且又貼心（話說這四、五年來，我從沒見過她，所以不知道她現在變成怎樣的女人）。所以她剛進外子公司時，我也拿她當妹妹看待，對她百般關照。她來自山梨，在外租屋，所以週末時我邀她到家裡，請她吃飯，把自己的舊禮服和內衣送她，自認已竭盡所能的幫她。不曉得你知不知道，我們夫妻倆膝下無子。外子和我都曾經就醫檢查過，查無任何異常，但不知為什麼，就是無法懷孕。所以一直過著落寞的生活（雖然外子不時會結交別的女人），這時，一個可愛的女孩自己投懷送抱，兩人就此一拍即合。

但過了兩年左右，她的身體開始起了一點變化。這種變化如果走的是結婚這種尋常的步驟，一般都會獲得周遭人的祝福——抱歉，一直用這種拐彎抹角的說法，換句話說，她懷孕了。外子同時也變得古怪起來。突然對我顯得生疏，不願靠近我。而在我看不見的地方，會手環在她肩上，悄聲安撫她，哄她開心。**我頓時明白**。她肚裡孩子的父親，正是外子。我責問外子，揪住那女人的頭髮拖行，最後我吞安眠藥，用剃刀割腕。但還是死不了……諷刺的是，外子很快便發現我自殺的事，而那女子照顧我時，更是表現出犧牲奉獻的模樣。我出院後不久，外子對我說「我做了對不起妳的事。但既然事已至此，我非負起責任不可。友子就快生孩子了，而妳遇到這些打擊，想必火冒三丈，但這時候可以請妳先忍一忍嗎？這個家就不用說了，我另外還會幫妳準備好一大筆錢，讓妳一輩子不愁吃穿」。我當場拒絕，並狠狠瞪著他說「不管怎樣，我都不會在離婚申請書上蓋章的」。從那之後，外子就只有一週的前兩、三天會回家，其餘時間都是在大樓和那個女人同住。

最近我有時會想，我大可不必那麼堅持不肯離婚。也許我該早點看破，認清他就是這樣的男人。但我還是無法原諒他。「友子就快生孩子了……」，他拿孩子當擋箭牌來提分手，無法原諒。當老鼠完全被斷了退路時，不管對象是貓還是人，都會展開反擊，不是嗎？他戳中我最脆弱的地方，戳中我的痛點，理該受罰，我豈會就這樣和他離婚？你或許會認為我這是無謂的堅持，但我打算永遠堅持下去。每次當我變得懦弱時，我就告訴自己，都堅持到這裡了，豈能半途而廢呢。因為你送的原子筆太滑順好寫了，忍不住連這些沒意義的事也一併全寫了。昨晚外子一回到家，便向我發牢騷道「今晚佐藤和佐伯找我出去。是他們說想見我，我才前去赴約，結果找我根本就沒事，兩個人就這樣向我說教起來。佐伯脹紅著臉，兇巴巴地對我說『好歹一次也好，你可曾站在自己妻子的立場來想事情』。真是的，所謂的朋友可真是煩人啊」。我和外子已相處多年，所以我看得出來，雖然他嘴巴上講得好像很不堪其擾，但其實心底對朋友充滿感謝。其實外子還有另一個想法。他對朋友的直言不諱，展現出感謝的模樣，想讓我知道，他已對自己犯的錯深切反省。他為什麼這麼做？為了讓我感動，讓我敞開心房。他打算先誘我敞開心房，接著再趁隙而入，要我在離婚申請書上面蓋章。這是常有的事，所以我也絕不會大意。

一時又因為原子筆太滑順而寫多了。其實我原本是想謝謝您向外子仗義直言，才開始寫這封信。對了，我從外子的畢業紀念冊裡找到了你。真是位美少年呢。二十五年前，你交情書給我時，我正在看別的地方嗎？看來，當時的我還不懂得分辨美醜。

十月三日 津野真佐子 謹上

5

津野真佐子小姐惠鑒

看了妳在信中說，絕不和丈夫離婚、死也不和他分手，我沉思了兩、三天。是什麼將妳逼至這番田地？其中一個原因，不用說也知道，當然是津野的出軌。如果要他解釋，他應該會講出許多理由，諸如想要孩子、年輕女孩的肉體一時令他把持不住等等（每個都有幾分道理，但都無法為自己的恣意胡來脫罪），但終歸一句，都還是錯在津野。不過，我自知會挨妳罵，還是得說一句，妳這樣會讓人覺得，是妳把自己嵌進「頑固、內心狹隘的女人」這樣的框架裡。別再以復仇做為妳一生的志業，以此面對人生。妳反而會因為這樣的復仇心而遭到報復。還不如走出戶外，呼吸外面自由的空氣。沒有不會天明的夜晚，沒有不會退去的浪潮，冬天的北風雖然吹落群樹的樹葉，但春天的南風很快就會讓同樣的樹木長枝椏。妳一定不到半年就會忘了復仇。如何？如果不嫌棄的話，要不要到我公司上班？我能提供妳足以養活自己的薪水。津野應該也會幫忙才對……

接下來，我得寫一些需要勇氣才寫得出來的內容。為了抓住出外呼吸自由空氣的機會，要不要和我出一趟遠門啊？地點是山形的上山溫泉高湯飯店，時間是十月二十日下午一點。每年到了十月下旬，我都會到這處高湯飯店，固定吃成堆的**鴻喜菇**。才剛摘採，像竹掃把前端一般大的**鴻喜菇**，放進裝滿奶油的平底鍋上快炒幾下，就這樣沾醬油吃，不過風味當真一絕。我可以保證，每個人吃了都讚不絕口。隔天就到附近的河灘上享受煮芋會[20]，然後傍晚返回東京，這是我向來的做法，不過外宿或許會諸多不便，所以只專程前去吃**鴻喜菇**也行。妳一定會愛上的。我們兩人就一邊吃著山珍，一邊重新勾勒妳未來的藍圖吧。當然了，妳大可跟津野說這件事。也可以不跟他知會一聲，自己外出。怎麼做是妳的自由，不過，邀妳外出的這個責任，我會一肩扛起。我事先採購了三十個ＬＶ的旅行包，想當作送客戶的歲末禮。其中一個我另外寄去給妳。請拎著這個包包外出。上野到山形約四個多小時車程，有辦法當天來回。那我就恭迎大駕了。妳回來時，包包裡一定會裝滿對未來的期望。

十月七日　佐伯孝之　謹上

6

佐伯孝之先生惠鑒

你這封溫柔的來信，為我帶來多大的鼓舞，寫這封信的你想必不明白吧。收到你的來信後，我的情況確實逐漸改變。在廚房準備自己一人份的晚餐，再也沒有比這更落寞的事了，不過我最近完全變了個人。因為我會一邊哼著〈海濱的辛巴達[21]〉這首歌，一邊拿著菜刀切菜。

而不可思議的是，我腦中想著「今晚丈夫應該還是在那個女人的住處吧」，並未因此火冒三丈。「那就隨你便吧」，這是我當時的心境。我要到外面去，在自由的空氣下自己養活自己，這話就像耳鳴般，不斷在我耳畔響起。甚至湧

20 主要在日本東北地方舉辦的地方活動，秋季時民眾聚集在河灘等野外場所，以芋頭為主要食材煮大鍋飯。

21 「渚のシンドバッド」，是日本女子團體 Pink Lady 的第四張單曲。

現一種感覺，覺得這麼簡單的事，之前為什麼一直都沒發現，而對這樣的自己感到訝異。

我要去山形。當天來回太可惜了。在煮芋會結束前，我都會陪著你。不過，這是我自己的決定，請不要覺得是負擔。我也是四十多歲的人了，自己的行動會自己負責。當然了，這件事我不打算告訴津野。這對我來說，是一生僅止一次的重要個人體驗。沒必要事先知會別人，或是徵求別人的許可……寫到這裡，我才發現一件事，我之前好像一直都是一方面憎恨津野，一方面倚賴他生活。也不知道該怎麼說才好，我好像一直都讓津野為難，以此當作我的生存意義。生存意義建立在他人之上，仔細想想，實在很怪，但我從來不認為這樣很奇怪。真是個糟糕的女人。當初津野自立門戶，成立建築公司時，我曾幫忙會計的工作。公司裡進出的全是說話很粗魯的男人。土間總是沾滿泥巴。傳入耳中的盡是粗言穢語。那可真是個滿是泥巴的世界。我那時候心想，唉～我走錯路了，當初應該選上班族、記者，或是學著當終生的伴侶才對。我心想，下雪的世界適合我，就此對丈夫的世界緊緊地閉上心門。這是可怕的傲慢之罪。水原友子這個女人也許是上帝派來懲罰我傲慢的使者。而且在你和我書信往來前，我一直都沒發現這件事。我這樣的女人真是無可救藥。

十月二十日，我會拎著LV包前往山形。請別當我是津野的妻子。請當我是二十五年前，你寫情書的對象，那位綽號三角巾的女高中生。

十月十五日　津野真佐子　謹上

7

真佐子小姐

將這封匆忙寫下的信送交妳手中的青年，是我公司裡的員工，名叫三浦廣一。事情是這樣的，我們派駐巴黎的員工，和巴黎愛馬仕公司之間發生了糾紛，為了馬上採取善後措施，我得搭今晚的法國航空前往巴黎。因為代理人無法勝任這個角色，這當中牽扯了許多問題。

於是今天下午，我極力找尋妳的去處，也試著打電話給津野。他反過來問我「真佐子確實跟我說過，十八日到二十一日這幾天，她要和志趣相投的朋友去東北旅行。我不知道她現在人在哪兒。不過，你為什麼會這麼在意真佐子的去處呢」。我語帶含糊地回答「不，也沒什麼要事……」，正準備掛上電話時，突然心念一轉，這件事早晚都得公開，要是到時候他對我說一句「真佐子不能讓給你。既然這樣，就得爭著男人的一口氣，這次換我不肯和她離婚」，那我可就傷腦筋了。說實話是最好的策略。我心裡這麼想，就此先來一段開場白。

「我想和真佐子小姐結婚。雖然還沒問過真佐子小姐的意願，但她應該會同意才對。因為她已經答應我，明天晚上我們要在某家溫泉旅館過夜。」

接著將我們之前書信往來的事全告訴了他。津野惱羞成怒，大發雷霆，但我一再拜託他：

「開口邀約的人是我，所以一切責任都在我身上。我現在臨時有急事，得去巴黎一趟，但等我回來後，會把話說清楚。在那之前，請先別責怪真佐子小姐。」

最後津野似乎也態度軟化，點頭應了聲「嗯」，所以妳請放心。由於事出突然，我對妳的愛還沒來得及開口對妳說，倒是先向津野坦白了一切，對此覺得很遺憾。我太笨拙了。在此致歉。

我一處理好工作就會回國，至於得花上幾天才會完成，得去一趟才會曉得。也許五天搞定，也許十天。所以我在此提議，妳要不要也來巴黎呢？這樣我也能慢慢投入目前遭遇的問題中，在這段時間裡，妳能在巴黎參觀。等工作一結束，我們可以在歐洲四處旅行。然後在瑞士或義大利舉辦婚禮……

護照及其他出國必需的手續，三浦會辦理。他是這方面的專家，到處都有人脈，妳能以比想像中還快的速度前往巴黎。這件事，就請邊吃**鴻喜菇**邊思考吧。不過話說回來，日本法律好像規定，離婚後得經過六個月才能再婚。這項計畫也許行不通，不過，住宿費請交由三浦去辦。他明天傍晚非得回東京不可，而妳就住下來好好休息，等到後天再走。我愛妳。高中時代姑且不談，我們成人後，明明沒和妳見過面，但說來也奇怪，我還是很愛妳。這次請妳要好好回覆我的情書。不能再將這份匆忙寫下的情書撕破，或是用鞋子腳跟踐踏哦。

十月十九日下午四點　孝之

8

津野次郎先生惠鑒

詳情等佐伯孝之先生回國後，會再跟你說明，不過，我決定近日會離開這個家。之前我一直賭氣不肯在離婚申請書上簽字蓋章，但我現在已決定不再堅持了。我搭今天早上的第一班列車，從東北之旅返家，在區公所領了一份離婚申請書。已在申請人的「妻子」欄位上簽名蓋章。雙方協議離婚時，需要兩位證人，這就交給你安排了。負責將這封信連同離婚申請書一起送去給你的，是佐伯商會的員工三浦先生，如果你有什麼問題，請直接向三浦先生詢問。那麼，祝你幸福。我現在很幸福。我已從泥濘的世界搬往白雪的世界。不過，你應該是不會懂的。

十月二十一日　船山真佐子　謹上

9

母親大人膝下

媽，妳過得好嗎？昨天我有事去了山形一趟，所以寄了一份紅花素麵給妳。紅色的素麵很漂亮。還有，妳不用再寄住宿費給我了。我現在有了一筆錢，可以撐到明年三月的畢業典禮都還夠用。工作兩個月賺了三十萬日圓。而且只寫了四封信，到山形的上山溫泉出差（？）一次，這樣就賺進三十萬日圓，很不錯的工作吧。札幌雪祭時，我想返鄉待上十天左右，到時候就用這筆錢出旅費吧，真是個好工作。

妳一定很想問，究竟是怎樣的兼差工作呢？其實是七、八月這段時間，我在津野建設這家公司當土木工程見習生。某天，一位叫水原友子的辦事員（她不是普通的辦事員。她是社長的情婦，掌管公司的一切，是位能力過人的美女）把我叫去，請我吃豬排丼飯，並向我提議道：

「因為社長夫人始終都不在離婚申請書上蓋章，教人很傷腦筋。我想到一個可以讓她甘願蓋章的方法，這需要有人協助。我會付你三十萬的訂金，你願意幫我嗎？」

如果有三十萬的訂金可拿還拒絕，那可就是個傻瓜了。於是我接下那件差事。我的工作就是化名為社長高中時代的同學佐伯孝之，寄信給社長夫人。當時我說「要是遇上正牌的佐伯孝之先生，那可就麻煩了」，結果水原友子女士回答道「這個人三年前死了，所以不會有問題」。換句話說，我化身的這位佐伯孝之，在赤坂擁有自己的事務所，一年有一半的時間都在歐洲四處奔波，是一位站在第一線的進口商。他們將他設定成高中時代就很迷戀夫人的同屆學生，到現在還是一樣迷戀。水原友子女士在赤坂租下一間真正的事務所，裡頭只有一張破書桌和一台電話，真的很糟，總之，我每天到那裡報到，持續寫情書給夫人。我化身的佐伯孝之一再地送禮物給夫人，不過，那是水原友子女士負責的工作。

不久，夫人開始對我，不，是對我扮演的佐伯產生好感。只要再加把勁，就能將夫人攻陷了——所以最後決定帶夫人去水原友子女士和社長常去的上山溫泉。當然了，現實中佐伯並不存在，所以謊稱說他有急事飛往巴黎，由我以代理人的身分前往，還做了佐伯商會員工三浦廣一的名片。

越來越投入的夫人在離婚申請書上簽名蓋章後（因為她想和佐伯再婚。這時候倒是換夫人著急了，她急著想早點離婚），我的工作便結束了，佐伯商會就此解散。夫人現在應該仍引領期盼佐伯的歸來，不過，不知道她知道真相後會怎麼做？我會不會遭報應？請妳自己也要多保重。

十月二十一日　三浦廣一　叩上

終幕

人質

1

請快點來救我。犯人只有一個。但請多加小心。犯人在腰間以繩子綁了十四顆炸彈，左邊腰部掛著一把刀刃二十公分長的牛刀。還有，他左手握著一把獵槍，無時無刻都不離手。事件發生至今已過了三個小時，但警方到底在搞什麼？請想想辦法，快點讓我們重獲自由。拜託了。我是住在五一三號房的水原友子，和我同行的津野次郎也成了人質。二月二日星期四早上八點二十分。

2

人質一共十八人。當中九男九女。我們這位人質瞞著沒讓犯人發現，做好以下的協定。每次進廁所，就將得到的消息寫在現有的紙片上，從廁所高處的窗戶往外扔。寫下第一封信的水原友子，是我津野次郎的同伴，不知道她寫的紙片下落如何。已送交到警方手中了嗎？八點四十三分。

3

我是住在五〇九號房的西村光隆。五樓投宿的房客全都在五一六號房成了人質。犯人頭戴滑雪帽，臉上戴著墨鏡，看不清面貌。八點四十五分。

4

關於犯人，得到了一些提示。五〇三號房的船山太一先生小小聲的向我透露。

「好像是我曾經在哪兒見過的一名青年。」

船山先生似乎在東京的青戶開了一家商社，他說自己在公司附近的一家拉麵店看過和犯人長得很像的男子。雖然不確定能否派得上用場，但還是先告知這個消息。八點四十九分，水戶悅男。

5

自事件發生以來，我將過程記在記事本上。連同這張紙片一起從廁所高處的窗戶往外扔。還有，我是日本畫家，名叫鹿見木堂。為了到下雪的高原寫生，從兩天前開始，和內人貴子一起住在這家天元台飯店五樓的五〇一號房。八點五十二分。

6

（鹿見木堂的記事）

今天早上五點三十多分，內人走下床，披上短外罩，正準備朝門邊走去，我感覺到動靜而醒來。我拍手喚住內人（我是一位聾啞人士），以筆談的方式問她「怎麼了嗎」。

「飯店員工敲我們房門。好像是有什麼緊急通知。」

內人在筆談的那張紙上這樣寫道，接著前往開門。這時，一名年輕男子手持獵槍站在走廊上。年約十八、九歲。是一位身材矮胖的年輕人，臉色比紙還要白。他以繩子串起一排炸彈掛在腰間，就像彈鏈一樣，左邊腰部掛著一把牛刀。我妻子走回來，在筆談的紙上匆匆寫道：

「那名青年說要以我們當人質。接下來馬上就要將我們關在五樓走廊最深處的五一六號房裡，但他保證，只要我們不吵鬧，不抵抗，就不會危害我們的性命。此外，這場監禁應該半天就會結束。那名青年是這麼說的。怎麼辦？」

於是我向內人寫道：

「面對炸彈、牛刀、獵槍，也只能答應了。」

之後那名青年很巧妙地利用內人。他要內人去敲每個房間的房門，房客們聽是女人的聲音，便為之鬆懈，打開房門，這時他馬上拿獵槍抵向對方，採取這樣的做法。每次只要掌握人質，他就會命人質往走廊深處走。而他自己則是隨時都站在與走廊盡頭處相反的另一頭電梯和樓梯所在處，手持獵槍展開監視，沒半刻鬆懈。走廊盡頭處是一扇鐵門，外面是太平梯。但青年應該是怕人質從那裡逃脫吧，鐵門上設有一把大鎖。當然是鎖著的狀態。換句話說，走廊深處有一扇鎖著大鎖的鐵門，另一側靠近電梯處，則是那位手持獵槍的青年，而夾在中間的我們，就像卡在魚網裡的魚，不斷地跳動掙扎。青年從電梯這一側依序往走廊深處走，清空每個房間。就這樣，他就像牧羊人把羊趕進圍欄一樣，將五樓的所有房客都趕進走廊深處靠北的房間內，也就是五一六號這間房。我和每位人質展開筆談（話雖如此，其實用的是KOKUYO製的大型便條紙），請他們寫下各自的姓名和房號。這是只要到飯店的櫃檯查一下就馬上知道的事，但為了謹慎起見，還是先整理在此。

五〇一號房（面南）　我鹿見木堂和妻子貴子。（參照第七話）

五〇二號房（面北）　小林文子。清心女子大國文系大四生。自己一個人來滑雪。（參照第二話）

五〇三號房（面南）　船山太一。在東京青戶經營商社。這名男子似乎也是來滑雪。三樓和四樓有其同行的員工。（參照第一話）

五〇四號房（面北）　甲田和子。感覺很陰沉的女子。只在筆談的紙上寫下房號和姓名。似乎是特種行業的女人。不過，不時又會變成像學生般的感覺。（參照第十一話）

五〇五號房（面南）　空房。

五〇六號房（面北）　小原純子。仙台某女子修道院院長。戴著眼鏡的

中年女性。聽說還身兼養護機構的所長，到這附近來迎接收容的孤兒，就此遇上此劫。（參照第八話）

五〇七號房（面南）　這間房也是空房。面南的房間（也就是奇數房號），費用比面北的房間高兩成。所以空房才會比較多。

五〇八號房（面北）　青木秀雄、石原貞二。兩人都是新潟縣立長岡高等學校的教師。兩人都是山形大學的畢業生，因附近的米澤市舉辦同學會而前來。同學會是明天晚上舉辦，但兩人計畫在那之前先在天元台這裡享受滑雪。（參照第九話）

五〇九號房（面南）　西村光隆、弘子。新婚夫妻。兩人都是東京淺草橋一家文具店的員工。來滑雪順便蜜月旅行。（參照第四話）

五一〇號房（面北）　高橋忠夫、美保子。高中教師夫婦。（參照第十話）

五一一號房（面南）　空房。

五一二號房（面北）　水戶悅男、博子。商社員工夫婦。最近預定夫妻倆一同前往澳洲。丈夫似乎為了採購鈾而派駐當地。（參照第六話）

五一三號房（面南）　津野次郎、水原友子。應該是所謂的陪情婦出遊吧。營造業的業主和員工。（參照第十二話）

五一四號房（面北）　古川俊夫、扶美子。這也是蜜月旅行的一對新人，但丈夫四十三、四歲，妻子二十二、三歲，一對奇怪的組合。更怪的是這位先生患有失憶症。不過，這位先生始終臉上掛著笑容，那笑容令我們得到療癒。（參照第三、五話）

五一五號房（面南）　空房。

五一六號房（面北）　犯人的房間。

關著我們十八名人質的五一六號房，我想您也知道，背對著房門，右邊是通往廁所和浴室的一扇門，左邊是固定在牆上的衣櫥。犯人一直背倚著衣櫥，槍口朝向室內。

室內是西式房間，如果改成日式房，約有十二、三張榻榻米大。裡頭擺了兩張單人床，有一大扇窗與房門對望。在這十二、三張榻榻米大的空間裡，擠了十八名人質，幾欲令人窒息。我們為了通風，向犯人要求暫時打開窗戶，但犯人拒絕我們的要求，他說：

「窗戶下面積雪將近兩公尺高。要是往下跳，大概也不會受傷。也就是說，這樣就如同是幫你們打造了一條逃生之路。所以你們要是打開窗戶，我可就傷腦筋了。不管是誰，可以試著打開窗戶看看。我馬上送你上西天。」

7

犯人說他打算釋放一名女性人質。他好像打算到時候要寫下他的要求，由那名人質帶出去。請接受犯人提出的要求。九點零五分。石原貞二在廁所記錄。

8

（犯人讓甲田和子帶出的要求書）

我是柏木幸子的弟弟弘。你們知道柏木幸子對吧。沒錯，就是前年七月二十八日，在東京青戶殺害船山太一的長女正子，現在在栃木監獄服刑的那位柏木幸子。因為殺害無辜的小女孩，所以我姊姊會被宣判十二年徒刑也是理所當然。但仔細想想，真正有錯的人是船山太一。他用花言巧語誘騙在他店裡上班的姊姊，對她說「我要讓妳成為我的妻子」，讓我姊姊成為他的情婦。而這件事讓他太太得知後，他馬上將我姊姊革職。非但如此，他和妻子兩人還一再地對正子說：

「那個女人是想破壞我們家庭的惡魔哦。妳下次要是在哪裡遇到她，就叫她『惡魔』。」

我姊姊聽到正子對她說「哇～惡魔」，就此火冒三丈，掐住她脖子。我姊姊固然也有不對，但船山太一也有錯。可是卻只有姊姊被問罪，這未免太過分了吧？如果我姊姊沒人性，那麼，船山太一也一樣沒人性。當然了，我拿人質當盾牌，講得好像很了不起似的，我一樣沒人性……

再繼續嘮叨下去，只會沒完沒了。在此寫下我的要求。馬上從櫪木監獄將我姊姊柏木幸子帶到這處天元台飯店來。我姊姊之前就一直說她想見船山太一一面。好像是想見船山，向他道歉。但不管再怎麼請託，船山就是不肯同意。那傢伙**怕得發抖**。真是個窩囊廢。這樣你們就知道我抓住人質守在這裡的理由了吧。

的確，我們是一對傻姊弟。我姊姊一直說著無聊的傻話，說什麼想和背叛她的男人再見一面。而身為弟弟的我，為了完成姊姊那愚蠢的心願，抓來人質，困守在飯店的這個房間裡，真的很不聰明。可是對我來說，姊姊是這世上的一切。不管她的願望再怎麼無聊、愚蠢，只要是她的心願，我就算拿自己的性命來換，也要加以實現。雖說這是我自己的選擇，但姊姊身為女人最耀眼的時期，就這麼糟蹋了。一個可憐的女人。因此，姊姊的心願就算再無聊，我也想幫她實現。

自從知道姊姊想見船山太一一面後，我從去年秋天開始，便在青戶的船山商事附近的一家拉麵店裡工作，我就住在店裡，並向到店裡光顧的船山商事員工打探船山太一的動向。我在一月上旬聽聞，**那傢伙**好像會帶領著數名員工到米澤市郊外的天元台滑雪場度假。接著向船山商事一名處理雜務的女子打探，得知他們從二月一日起接連四天，向天元台飯店訂了四間房。為了謹慎起見，我還試著向飯店櫃檯詢問。**那傢伙**確實訂了房。我當天便辭去拉麵店的工作，來到天元台。然後一邊承接滑雪場的除雪工作，一邊等候**那傢伙**的到來。

二月一日，也就是今天下午，**那傢伙**走進飯店。飯店裡有我熟識的服務生，所以我問出**那傢伙**住幾樓。這家飯店的三、四、五樓是客房，而二樓有餐廳、酒吧、電玩遊戲間，到半夜依舊喧鬧。船山商事訂的房間，三樓有兩間、四樓一間、五樓一間，一共四間，不過，**那傢伙**是社長不可能住三樓，因為那裡靠近喧鬧的二樓。所以不是住四樓就是五樓。我猜應該是位於最頂樓的五樓。因為五樓的視野比較好。晴天時，可以很清晰的看見米澤市街，東邊可遙望藏王，北邊可遠眺朝日連峰。服務生告訴我，船山太一自己單獨住五樓的五〇三號房。果然不出我所料。

我來到櫃檯，向他們拜託道：

「五樓要是有空房的話，請幫我留一間。我和一位到這裡滑雪的東京女大生非常談得來。我想要把到她，需要一間空房。我可以先支付住宿費沒關係。」

經我這麼一說，櫃檯人員嘻皮笑臉地給了我鑰匙。大致就是這麼回事。

因為之前就想到，如果我拿槍指著人質，不可能寫下這麼長的要求書，所以我事先在前一天，也就是二月一日晚上就已寫好。此外，我也沒辦法在人質面前講電話。因為要是我講電話時，人質從四面八方一擁而上，那我可無法招架。

基於這個緣故，我拒絕電話聯絡的方式。你們乖乖把我姊姊從栃木監獄帶來這裡就對了。動作快。用直升機載來。我就等到下午一點。還有，我保證不會傷害人質。不過，可別使出搶救作戰這種小手段哦。要是你們採取這樣的行動，情況可就不同了。我會毫不客氣地殺掉人質。等我姊姊和船山太一見完面後，我就會釋放人質。我也會拋下武器自首。

二月二日晚上十一點三十分　柏木弘

9

我是仙台市郊外的兒童保護機構「白百合天使園」的園長，小原純子，是位修女。

犯人在釋放人質甲田和子小姐後，情緒相當平靜，甚至臉上一直掛著笑容。當然了，當有人想要開窗，或是在室內走動時，他就會很兇狠地咆哮，不過，只要大家安分，他就表現得很平靜。

十點三十五分時，犯人說：

「喂，各位，肚子餓了對吧。我事先準備了甜麵包和牛奶，你們就拿它來果腹吧。」

他從衣櫥裡拖出一個紙箱，朝我們的方向踢了過來。接著他還說：

「下午一點，我姊姊會來到這家飯店。到時候我就會釋放各位，請再忍耐一會兒。」

請你們盡快接受犯人的要求。千萬不要做出刺激犯人的舉動。這是我們全體人質的一致要求。十一點五分記錄。

10

剛才在走廊的另一邊（大概是電梯前方那一帶吧），傳來刑警大聲地向犯人大喊：

「柏木弘，你姊姊現在正搭著直升機往天元台這邊飛來。應該在下午一點前會抵達飯店。你別對人質亂來，要安分的等候。」

很感謝當局迅速為我們採取行動。十一點四十二分。小林文子。

11

船山太一先生應該是在我之前走進廁所，但他可能沒辦法提供各位任何消息吧。犯人對船山先生盯得特別緊。船山先生只要一走進廁所，犯人就會下令「直接開著門上廁所」。因此，只有船山先生無法從廁所高處的窗戶往外丟便條紙。

對了，根據我的觀察，犯人和船山先生之間似乎有什麼關係，各位覺得呢？他們兩者的關係，暗藏了解開這起事件謎團的關鍵。請往這方面展開調查。

對了，剛才犯人對船山先生做出奇怪的舉動。那是船山先生在我之前走進廁所時發生的事，犯人遞了一張小紙片給船山先生。犯人命令他開著門上廁所，等船山先生上完廁所走出時，犯人又從他手中拿走那張紙片。當時船山先生的表情該怎麼說好呢……簡直就像死人一樣。

那張紙片上到底寫了什麼？犯人取回紙片後，將它點火燒了。船山先生回到座位後，我將寫有「剛才那張紙片上到底寫了什麼」的筆談紙傳給他，但他只是一味地發抖，沒答話。這件事令人掛心，所以我在此告訴各位。十二點三十分。鹿見木堂。

12

再五分鐘就下午一點了，希望我們能平安獲救。請照犯人說的話去做。船山太一先生肩上披著毛毯，不住顫抖，不過其他人質倒是都一切安好。高橋美保子。

13

（《米澤新報》二月三日號頭版）

……半開著五一六號房的房門，引頸等候的犯人柏木弘，右手握著獵槍，左手緊摟著姊姊幸子。船山太一先生趁這個可乘之機，打開五一六號房的窗戶一躍而下，但一頭撞向地面，當場死亡。不過，其他人質的注意力全擺在前方房門入口處，犯人與他姊姊重逢的那一幕，以致沒人發現船山太一先生跳窗的事。

與姊姊交談幾句後，犯人讓姊姊走進浴室裡，對人質們說：

「辛苦各位了。這半天的時間，讓各位備受拘束，真的很抱歉。請一個一個照順序離開房間。不過船山太一先生，就像剛才你在進廁所時我向你請求的，請最後離開房間。」

但等了許久，始終不見船山太一先生走出。犯人朝室內大吼：

「怎麼啦，船山先生。你就這麼不想和我姊姊見面嗎？」

這時，四名米澤警局的員警撲向前，以非法監禁和違反槍械管理法的名義，將他視為現行犯逮捕。負責的員警在偵訊時，柏木弘說：

「引發這場社會風波，真的很抱歉。我已作好心理準備，不管怎樣的責罰都甘願承受。不過，我沒想到船山先生那麼討厭我姊姊。我只是想替姊姊製造機會，讓她能和船山先生重逢……」

除了船山太一先生外，所有人質都平安無事，古川扶美子小姐說：

「犯人從頭到尾都很紳士。一開始的三十分鐘真的很可怕，但之後其實也沒什麼。我不知道船山先生跳窗的事。我們在獲救後過了一會兒才知道。對，我大吃一驚。剛才我才知道，犯人以我們當人質守在這裡的目的是什麼，不過我在想，船山先生只要和那位叫柏木幸子的女性見個面，不就沒事了嗎？大可不必逃走吧。聽說犯人才十九歲，他還未成年，而且是想讓姊姊和昔日戀人見面，說起來，算是基於感人的動機而犯罪。希望能對他從輕量刑。」

14

（以下的文章，是二月三日下午五點二十四分，在米澤開往上野的「特快車燕2號」高級車廂內，鹿見木堂與其妻子貴子間展開的筆談。）

你從剛才起，就一直望著窗外對吧。窗外明明一片漆黑，什麼也看不見。怎麼了嗎？

謎題解開了。不，幾乎全解開了。

什麼謎題？

昨天那起事件的謎題。那明顯是一起殺人事件。其實是很巧妙的安排。妳聽好了，船山太一是遭殺害。

這怎麼可能。船山先生是自己從窗戶跳下的。

等等。我一步一步向妳說明吧。犯人柏木弘為什麼要扣留人質，待在五一六號房呢？柏木弘需要目擊者，而且越多人越好。所以五樓的房客全被關進五一六號房裡。除了船山太一外，所有人質都向調查官提出這樣的證詞。

「總之，在犯人的姊姊柏木幸子出現在五一六號房入口處之前，船山太一先生一直都待在房內。而當犯人趕人質離開房間時，船山太一先生已經不在了。這段時間，犯人柏木弘一直都站在門前。別說對船山先生下手了，就連和他說話也沒機會。」

可是，這是事實啊。

重點就在這兒。柏木弘需要許多人質替他作證。對了，船山先生臉色蒼白地從廁所返回時，妳應該還記得吧，不過，當時柏木弘將紙片遞給船山先生，讓他看過之後，再次拿走紙片，一把火燒了。這起事件有三樣兇器，第一樣兇器就是那張紙片。那張紙片上到底寫了什麼呢？

這再清楚不過了。柏木弘要我們離開房間時，不是說了嗎？

「不過船山太一先生，就像剛才你在進廁所時我向你請求的，請最後離開房間。」

換言之，那張紙片上寫「等我姊姊到了之後，我會釋放人質。到時候你最後離開房間。接受我姊姊對你的問候」。

如果就只是這樣的內容，有人會因為這樣而嚇得臉色慘白，渾身發抖嗎？

我認為那張紙片上可能寫著「我姊姊、我，還有你，我們三人用炸彈一起共赴黃泉吧」。弘威脅他，說他姊姊到了之後，就會有可怕的事發生。船山先生認為，比起那件可怕的事，從五樓往下跳還比較有活命的機會。所以弘肯定提出了很可怕的要求。換句話說，弘向船山先生暗示「死亡」。

那麼，你說的第二樣兇器是什麼？

是他說的話。當有人說想打開窗戶通風時，弘就會變臉，不准對方這麼做，而且還說：

「窗戶下面積雪將近兩公尺高。也就是說，這樣就如同是幫你們打造了一條逃生之路。所以你們要是打開窗戶，我可就傷腦筋了。不管是誰，可以試著打開窗戶看看。我馬上送你上西天。」

船山就是上了這句話的當。他以為就算從窗口往外跳，積雪也會柔軟地接住他。

但就在前一天，有人朝五一六號房窗戶底下的雪地灑熱鹽水。這個人八成就是弘……

熱鹽水？

熱水會把雪融化。融化的雪會變怎樣？會變成水，然後結凍。鹽則是會發揮作用，在晚上這段時間，讓雪地凍得硬邦邦。儘管早上太陽升起，那個房間面北，雪依舊會結凍。這樣妳懂了嗎？結凍的雪，是第三樣兇器。其實剛才走出飯店時，我繞了一趟船山墜樓身亡的現場，試著舔了一下那邊的雪，味道很鹹。為什麼雪會這麼鹹呢？我的推理就是從那裡展開。

他如何燒熱水？那需要大量的熱水吧。

哪需要有人那麼費事的燒熱水啊。只要打開浴室的水龍頭，應該就有用不完的熱水。

你打算怎麼做？要告訴警方你的推理嗎？

是啊，該怎麼做好呢。這確實是一起殺人事件。不過，眼前全是間接證據。而且有許多人質作證，柏木弘對船山連一根寒毛也沒動到。這事大概只能我們兩人自己在這裡討論了。

……

國家圖書館出版品預行編目資料

十二個人的信 / 井上廈著；高詹燦譯. -- 初版. -- 臺北市：皇冠, 2022.8　面；公分. --（皇冠叢書；第5045種）(大賞；140)

譯自：十二人の手紙
ISBN 978-957-33-3929-8（平裝）

861.57　　　111012162

皇冠叢書第5045種
大賞｜140
十二個人的信
十二人の手紙

作　者—井上廈
譯　者—高詹燦
發 行 人—平雲
出版發行—皇冠文化出版有限公司
台北市敦化北路120巷50號
電話◎02-27168888
郵撥帳號◎15261516號
皇冠出版社(香港)有限公司
香港銅鑼灣道180號百樂商業中心
19字樓1903室
電話◎2529-1778　傳真◎2527-0904
總 編 輯—許婷婷
責任編輯—蔡維鋼
行銷企劃—薛晴方
美術設計—鄭婷之、李偉涵
著作完成日期—1980年
初版一刷日期—2022年8月
初版二刷日期—2023年1月
法律顧問—王惠光律師

讀者服務傳真專線◎02-27150507
電腦編號◎506140
ISBN◎978-957-33-3929-8
Printed in Taiwan
本書定價◎新台幣380元/港幣127元